ヤマケイ文庫

山からの絵本

Tsuji Makoto　辻まこと

Yamakei Library

山からの絵本　**目次**

氷

夏の湖

五年まえ突然わが家へはだかでやってきて、以来何十年でも居候をしてやろうといった顔つきで、ずうずうしくも住みこんでいる若い女性が、こういうのだ。

――父親、あなたは画描きさんでしょう。なぜ山へいくときに画を描く道具をもっていかないの?

――お答えしますがね、この父親は、もしかしたら本当は画描きさんじゃないかも知れないんですよ。それに山へいくと画なんか描きたくなくなるんですよ。だけど景色はいくつもおぼえているから、描こうとおもえば、描けますよ。

――本当かしら? それじゃ夏になって連れてってくれる湖の画も描ける?

――描けますとも。あすこはあんたの生まれる前からよく知っているところですからね。

――フーン……じゃ描いてみせてよ。本当かサ?

盗まれた月夜

――夜なの？

――そう。盗まれた月夜なんだ。

――どこから盗まれたの。

――東京からさ。

――いつ？

――ずっとずっと前さ、あんまり昔でみんなもう忘れちゃったんだ。盗まれたこともね。

――ドロボーが湖にかくしたの？

――そうさ。それをこの父親がトンネルの向うで発見したってわけさ。

――月夜をとってくなんて変なドロボーね、悪魔なのかしら？

――そんなものはこの父親は見たことがないし、信じないね。

——でもシスタースコラスチカならきっとそういうな。見えなくたって在るのが神さまや悪魔なんだから。

——幼稚園じゃ変なことというんだな。

——あら、ちっとも変じゃないわ。

——なんだい？　その手付きは？

——失礼な父親のために神様にオワビしたの。

イットリ峠を越えてくるムフォ

——イットリ峠から見えるこの湖は、私たちの湖より三〇メートル低い隣りの湖なんだ。

——ムフォって誰？

——買物をしてくれたり、台所の手伝いをしてくれる村の人で、エコサカの娘さ。

——親切な人なのね、私にお魚とってくれるかしら。

——さあ。多分とってはくれないだろう。だけどモモオがとってくれるさ。ムフォの弟のね……。

——ムフォって本当にこんな丸い顔してるの？

——そうさ村の人は皆丸い顔で同じだから、はじめは誰が誰だか判らないんだ。それに苗字も皆同じなんだ。アルイムといってね。

——変な村ね。じぶんだかひとだか判らない村なんて。

——ちっとも変じゃないさ。行ってみれば判るよ。それにじぶんとひとなんか間違えるはずはないよ。

——カガミ見ればそうはいかないわ。きっとひとのように見えて……。それから好きな人だとおもったら嫌いな人だったりしたら本当に変だとおもうな。

アガナと泳ぐ

——この男の人じぶんなの？

――つもりなんだ。

――アガナって誰？

――そういう人さ。

――二人ともはだかなの？　はだかで泳ぐの？

――夜だもの水着なんか着なくたって同じだよ。

――わアー恥ずかしい。

――どうして？

――だってオシリだしちゃってさ。

――でも気持がいいんだ。

――これ父親のこどものときのこと？

――今だってこうやって泳いでみることができるとおもってるんだがね。

――でももっとオナカがでてるし、頭の毛がケズレてるし、首のとこだって皺がハエてるわ。

――意地悪なこというね。

――私きらいだ。このアガナっていう人。

——人じゃない妖精なんだ。
——フーン、さっきは人っていったくせに。
——妖精ってなに？ってきかないのかい。
——でも画は上手に描けたわ。
——ありがと。

プッポロがやってきた

——父親の画って変な名前の人ばっかり。
——変だとおもえば誰の名だって変さ。
——プッポロはウボンちゃんに似てるわ。
——ウボンちゃんて誰？ってきくのはよそう。
——うれしがってるのね。
——うん。

——プッポロがうれしがってるの？　それともプッポロがやってきたんで父親がうれしがってるの？

——両方だろーな。

——チョーチョも魚もうれしがってるの。

——うん。

——そんなはずないな。

——どうして？

——チョーチョは標本にされるかもしれないし、魚は食べられるんだし。

——プッポロはそんなことしない。

——じゃなんでやってくるんでしょ。ばかばかしい。

マルビの見晴しにあるキャフェ・イメ

——わァ。いいとこだ。すぐいけるとこ？

——湖を舟で漕いで渡った対岸の高台にあるんだ。

——あの高いところは何？

——展望台で望遠鏡がある。湖も森も山も見渡せてとてもいい気持さ。いまあんたと私があがって、これから望遠鏡をのぞくところなんです。

——まだ行ったことないから嘘だけど、本当みたい。

——すぐ本当になるさ。この右にあるキャフェがイメ婆さんのとこで、氷やところてんやラムネを売ってる。ところてんがおいしいんだ。母親がゆるしてくれれば、あんたも食べられるだろう。

——ここに立ってるのがイメ婆さんなの？　この旗は？

——氷って書いてあるのさ。

——お婆さんは一人でここにいるの？

——そう夏のあいだだけはね。

——お爺さんはいないの？

——うん死んじゃったんだ。それに桃が流れてくる川もないのでこどももいないんだ。

——父親なんてすぐそんな言いかたするんだから……。
——いや悪かった。そんなつもりじゃなかったんだ。
——熊や狼がこないかしら。夜になって。
——そんなものはここにはいないさ。たとえきてもイメ婆さんは平気さ。
——なぜ？
——すごく強いんだもの大丈夫ですよ。
——犬もいるし。
——そうそう。

ケルビの浦

——鳥の家？
——うん。
——誰がこしらえてあげたの？

——鳥のことをしらべてる人だろう。

——鳥にはみんな家をつくってあげるの？

——そうじゃないさ。そんなことはできっこないでしょう。数が多いんだから。

——ウチでこしらえたらくるかしら。

——気にいればね。でも多分雀ぐらいだろう。

——この鳥はカラス？

——カラスじゃない。知らないけど、もっとちいさい鳥だ。

——なんにも知らないのに画に描くのね。

——名前を知らないだけだよ。飛んでるかっこうや鳴声は知ってるんだ。

——この向うにいる人父親じぶんなの？

——うん。釣にきて夕方になったから帰るところさ。あしたは東京へ帰ろうかなアとおもってるところさ。

——もうおカネがなくなったんでしょ。

——さあ。これで夏いく湖の画はおしまいだ。

小屋ぐらし

ツブラの隠れびと

夕方東京を発つと、湖に着くのは夜中だ。小屋は村から岬を一つ廻ったツブラの入江にあった。津原と地図には書いてあるが、あて字だろう。樹海のことをマルビ、村の反対側の入江をカルビと村の人達はよぶ。どういう意味なのか何語なのか調べてみもしないが、ボクには判らない。

いつも夜中に、管理を頼んである隆亮爺さんを叩き起こしてはバッテラと称する、オールで漕ぐ和船のクラッチとランプを受け取って、夜の湖を横切って行った。

小屋は入江の真中にポツンとある。十畳の部屋がひとつだけ。中心に囲炉裏《いろり》がある。仲間は四人だからこれで充分だ。台所は二間半に一間半で、食堂も兼ねるはずだったができあがってみると、誰も彼も眺めのいいベランダで食べたがる。風の日は窓ぎわ、寒くなると囲炉裏ばた。一度も台所のテーブルで食事をした記憶がない。

傾斜地なので、湖に面したベランダは二階の高さになった。渚から小屋まで約一

〇〇メートル。小屋に近い五〇メートルほどは丈の短い草地がある。その境界あたりのところに二メートルほどのヒョロヒョロした白樺が一本あった。Wがどこかからもってきて植えたのだが、貧弱で一向に冴えなかった。まっくらな晩だと船の上からランプをかざしたぐらいでは、小屋のありかは判らなかったが、この樹の葉がちらちらするので、上陸地点をきめるのには便利だった。

村の人はボクたちがいつも夜中にやってくるので『ツブラの隠れびと』といってからかったが、ボクたちはかえってこの呼称を喜んだ。

メシだぞォー

四人そろったときは食事当番をきめて、当番以外はてんでに山へ出掛けたり、船を漕ぎだしたり、魚を釣りに出掛けたりした。あらかじめ時間をきめても、そのおりにはなかなかアリツケないので、小屋の前に柱を立てて用意ができたら信号旗を掲げることにした。最初のデザインはスプーンとフォークのクロスした酒落れた

ものだったが、女性ハイカーが五人これをみて、なにか食わせる家とまちがえて三十分も苦労して路のない岬を廻ってやってきたので、みんなクサって、丼にゴハンという古風なやつに変えた。この旗は十二ヶ岳の頂上からでも八倍の望遠鏡を使えば、よく見えた。

カワセがきた、手紙がきた、客あり女性なり……などいろいろとくだらない旗も作ったがあまり使わなかった。

ボクが食事当番のとき、横の流れに冷やして置いたデザート用のパイカンが、取りに行ってみるとなくなっていた事件があった。

当面の責任者であるボクは仕方がないから、流れの近くの桑畑で、働いているとも、陽に当たっているともつかずぼんやりしている太郎のところへ行ってみた。太郎は立派な体格をしていたが、いわば子供であって村の人や兄弟からも一人前には取り扱ってもらえない人物だった。

——太郎おまえ。パイカン知らないか?

——パイカンちゃナンダ? 学生。

——パイナップルのカンヅメだよ。そこの水の中に冷やしておいたんだ。

——いんにゃ！　おりゃアンナすっぺえものは知らねえ……。

のどかな太郎の表情には、パイカン一個に替え難い私を満足させる古風な噺《はな》しの生命があった。

モミジのまるた

秋のはじめに大きな台風が通りすぎて、一晩小屋は揺れどおしだった。湖の波は地ひびきを立て、まるで荒海の岸にいるような気持がした。翌朝は嘘《うそ》のような上天気だったが、湖はまだにごって波立っていた。渚に打ち上げられたさまざまな芥《あくた》に混じって真黒な、なにか前世紀の爬虫類の死体をおもわせるものが見える。近づいてみると一抱え半ほどもある大木の幹だった。

どのくらい昔から水の中に沈んでいたのか見当もつかないが、びっしり水を含んでいて、四人がかりで押せども引けどもびくともしない。今さらながら、これを湖底から引きずりあげた台風のエネルギーに驚嘆した。

村にきていた船大工にたのんで、二尺ほどの厚さの輪切りを二つこしらえてもらい、テーブルにしたのは一ヵ月ばかり経ってのことだったが、そのときもまだ呆れるほど重かった。

木が乾いていくに従って黒い色はしだいに茶色がかってきて、最後に素晴しい明るい栗色になった。ふしぎにもひびらしいものは、はいらなかった。

その翌年の春に、鱒釣りの男が小屋へやってきて、お茶を飲ませてくれまいかというのでベランダへ上げると、べんとうを使いながらしきりにテーブルを指でこすっては眺めていたが、これは立派なものだ、どこで手に入れたかとたずねるので、ざっと由来を聞かせると、実は自分は谷村町で材木商を営んでいる某というものだが、こんな大きなモミジを見たのは初めてである。そこで自分はいま一つの考えが浮かんだのだが、もし腕のたしかな職人にまかせて、これで火鉢を作ったなら素晴しいものができるとおもう。なんとか一つだけでも譲ってもらえまいかというのである。

話が正直で感じが良かったから六十円で売った。その金でボクたちは一年間女中をやとった。

コウモリ穴

　対岸の熔岩の岸からまっすぐ樹海に這入《はい》り二十分ほど行くと、コウモリ穴があった。洞窟の奥はかなり深く、路もいくつかに別れていて、もし中で灯でも消えれば出られなくなりそうなところだ。何度か行って壁に印などつけて探検し、地図なども作った。路の途中が井戸のように陥ちていて、その底にまた路が続いていて、まだ誰もそこまで到達していないことを発見してうれしがったりした。

　しかし、どの新しい路も行き止りになっていて、意外な空間に出られるというボク達の期待は外れてしまった。ただ一つだけ横一間ぐらい高さ五寸ぐらいの穴があって懐中電灯でその透間から先を見ると再び広くなっている穴があったが、どうにも仕様がない。夏の間は洞窟の中は冷えていて、コウモリはいなかった。秋になって外気が冷えてくると穴の中は逆に暖かくなって、コウモリが出入りする。洞窟はいつもじめじめしていて、上から水滴がしたたり落ちるのであまり気持はよくない。

それに下は足首までもぐる泥のぬかるみがところどころに落し穴のようにある。その泥は、どうもボクの推察するところでは、単純なものではなく、コウモリの糞《ふん》らしく、そう思うと胸が悪くなったものだ。

晩秋になって洞穴にいってみると、コウモリが天井にびっしりと鈴なりになってぶら下っている。茄子《なす》でももぎ取るように、つかんでは袋にいれて表へ持ち出した。湖を渡りながら、一匹ずつ出しては仔細に眺める。コウモリの顔は想像し得る限りにおいて、最も醜悪だ。中でもキクガシラコウモリがひどい。しかし雌の胸はまるで人間のそれのようにふくらみがあって、かわいいピンク色の乳首がついている。袋のコウモリを湖の上で一度に放すと、まるで爆発だ。ボクたちはこれをコーモリ花火とよんだ。

カモフリョーズ

冬になると鉄砲を抱えて駆けまわった。村では猟師を殺生人とよんだ。ボクたち

も殺生に夢中になった。それで小屋にも、よく村の殺生人が訪れてくるようになった。

信之介という男はビッコだった。彼の表現によれば、熊に向うズネをカッチャカレたのだ。やっと仕留めた熊は皮と胆を売って百円になった。その疵《きず》の手当てに『かくしの湯』へ行ったら、治るのに一カ月かかった。ちょうど百円かかったから、まあ、モトモトだったわけさ……とビッコを引きながら話してくれた。

となりの河口湖は禁猟区なので、長浜から小海にかけて岸に近くカモが群になって浮いている。手のとどきそうな距離であくびなどする。ところが、こっちの湖面のカモはよく射程距離を心得ていて、岸から行っても、舟で近づいても、けっしてマゴマゴしてはいない。このカモは河口湖の奴とは別口かというと、そうではなく、夜のあけ方に鳥居峠を越えてやってくる。同じジンブツ（？）なのだ。

峠の上に夜のうちから待ちかまえていて、夜あけの霧にまぎれて越境してくるカモを何度となくねらうが全く命中しない。陽が射して気付いてみると、落ちているのはカラのケースと自分の気持だけである。

雪が下りて真白になったある日、ボクは頭からシーツをかぶって出掛けた。Eが

どういうつもりだときくから、これが本当のカモフラージュというものだと得意になってカモのほうへ背を低くしてしのんで行った。しかしカモの眼は良くできているとみえて矢張りダメだった。

ある日東京で、Eがだまって一枚の写真をボクに見せた。いつの間に撮ったのか、それはシーツをかぶった殺生人の写真だった。下にカモ不猟図と書いてあった。

秋の彷徨

理を説き名を論ずること已に十分なり
蒼生は何れの日に塵気を脱せんや
自由は人間の世には在らずして
放曠なるはただ天上の雲に看るのみ
―鉄心和尚―

木石亭

越後の国境を越えてからこっち、ずっと藪漕《やぶこ》ぎが続いていつになったら四万《しま》まで出られるか見当もつかない。四時までどこか良いオカン場を見つけたいとおもったが、恰好な空地がない。四時十分、ちいさな鞍部にでる。一本の樺の木と隣り合った大きな岩があった。尾根の笹はいくらか背が低い。岩に抱きついてよじ登ってみると、上はちょうど人間が一人横になれるくらい平らだ。

夕焼け赤い西の空に天気を感謝し、このホテルのご厄介になることにした。躰《からだ》中がチクチクかつムズムズする。とにかく裸になって笹ダニを始末し、もったいないがウィスキーをハンカチに浸して躰を拭く。

誰も見ていないからすっぱだかのままで、ちょっと体操みたいなことをやり、夕焼けに向かって「ウォーッ」とターザンの真似をしてみる。風下になる岩角に立ち、液体を用いて空中に抛物線《ほうぶつせん》を描いていたら、急に寒くなる。新しい下着に替え、セーターを着用。気持の落着いたところでグラスにウィスキーをつぎ、躰の内側の皮膚を拭く、スコッチ式マッサージである。何たる愉快。

——いやゴクローサマ。

——なになに、とても愉しいですよ。

——まったくね。

愉快を確めるべく一人で二人分の会話を声にだしてやってみる。

大根を薄く輪切りにして塩をこすり、サラミをのせパンに挾んで夕食。ツェルトにシュラーフを突込んでもぐり込む。使い古して羽毛の抜けたシュラーフ越しに岩のゴツゴツが少し気になる。木扁に岩という字を考えたが、どうもありそうにもない。木扁に石にしてみる。ザクロのザクだったようにもおもうが、あれはただの石だったかしらん。つぎに桑柘とい名詞がでてきたが、ソと読んだかソクと読んだか忘れた。いずれにしても発音がよくない。むしろこのホテルは木石亭と称すべきであろう……などとチラチラしているうちに眠くなった。鼻の頭をつめたい風が通り星が見える……とおもっているうちに朦朧《もうろう》となった。

旧友

木賊《とくさ》峠の石に腰掛けて一服やっていると、とことことやってきた。何か心にかかるものがあると見えて、脇目も振らずに一本道を、真面目な顔付きでやってきた。少し頬骨が張りだして痩《や》せた様子だが、背はずっとのびて大人っぽくなっている。まだ気がつかないな、まだ気がつかない。やっと五メートルぐらいのところで立ち止まってびくっと緊張してこっちを凝視した。まゆを寄せている。

——やあ—黒助じゃないか、達者かい。おやじさん元気かね。おかみさん相変らずだろうね、キミはなんとなく大人っぽくなったなア。

困惑した表情の眉が開き、眼がパッと明るく輝く。尻尾が激しく揺れると飛付いてきた。

——おいおいそう昂奮するなよ、もちろん迎えにきたとはおもわないが、大げさに奇遇を喜ぶなよ。

——で何かい、忙しそうに何処《どこ》へ行くんだ？　ハハァ判った、まだ村の娘に執心して通っているのかい、止せよ、いつだって村の連中に追掛けられて彼女の家は愚か、村の中へも這入れないいじゃないか。

ボクの忠告に答えず、彼はボクの肩に前跂《まえあし》をのせペロペロと胸元をなめるのだ。

彼の耳たぶが三分の一ほどヤブケている。

——ひどくやられたな。どうだせっかくボクがきたんだし土産もあるんだから今日はやめにして一緒に戻ろうや。

ボクは腰をあげて歩きだす。黒助は横をすり抜けて先にでてとっとっと駆けだす。しかし下りにかかるところで立ち止まって一緒にこようとしない。再会の昂奮がさめた顔付きだ。

——どうした。戻らないのか？

彼ははじめて「バウ」と吠えた。そしてくるっと向きを変えて村の方へ。

——ちぇっ何て奴だ。毎日五里も通って振られてるなんて少将みたいな大将だぜ。

仙人の実験

山中に棲息し霧霞を喰って栄養とし、ミヤモトムサシが出掛けていっても抵抗できないほど強い。白い髯《ひげ》を生やし、ひねくれ曲った杖を突いている爺さん。ボクの知っている仙人はこういった存在だが、この知識はどうも立川文庫からきたものだ。読んでるときからたいして信用はしていなかったが、霧や霞で栄養が摂取できるものならさぞ便利だろうとはおもっていた。

仙人岳へ登る途中、麓の森林地帯にちょうどおあつらえむきに霞が掛かってきた。仙人の出るシーンには昔々の活動写真の場合は、かならず太鼓の伴奏がはいった。「ドドン、ドンドォーン」譜で表現しないと感じを伝えられないが、歩調の早さで音は次第に強くなり、また元に戻って繰り返す。ボクはおもいだして「ドドン、ドン、ドォーン」と口ずさみながら森の中へ、霞の中へと這入り込んだ。

空気が乾いていて陽の当たっている針葉樹の森は、上等な石鹸の香りがする。はじめての人は、それが森の不変な体臭だと誤解するが、秋の陽の光と熱が森の中ではねかえらないとできない香りなのだ。

薄い絹の布を広げたように、静かに動かない霞の棚の掛かっている森の中、この湿って冷たい空気には香りがない。腰を下してじっとしていると嗅覚でとらえられるものは、自分の汗臭い体臭だけだ。

もっとじっと動かないで――そうだ、躰がだんだん冷えてきて自分の手足が周囲の樹々の枝や根のようにおもわれてくるまで――鳥の羽音も、枝のすれ合う音もないこの静寂に同化するときまでじっとしていると、不思議なことに自分が森の一部分であり、天地全体の脈が自分の血液をも支配しているという大きな生命の実感が湧いてくる。すると突然ある香りが自分を包む。なんだか感覚が遠い森の外れまで、いやもっと遠くまでとどき、霞は自分の吐いた息のように見えてくる。

森の本当の香りは、仙人になって見ないと判らない。

年なし岩魚

四月にスキーをつけてそこを通り抜けたとき、土地の案内人はこの雪の下に大きな池があって、そこには六〇センチをうわまわる岩魚《いわな》がいると教えてくれた。しかし雪が消えると路がなくて凄まじい笹藪になり、頂上にでるのが困難で、一番近い部落から出発しても二日は野宿しなければならない。そんなところだから誰も釣りにこられないのだといった。

では何んでそんな岩魚がいることを知っているのだと反問すると、五年前に測量が這入ったとき同行して釣り上げたが、あまり大きいので気味が悪かったというのだ。

秋になって、本当はもうシーズンは終わったというべきなのだが、赤トンボやそのほかの大型の上餌型のフックなども用意して出掛けた。

なるほど猛烈な藪だ。頂上というにはあまりに広がりすぎている池溏《ちとう》の続く鉢ヶ峰だった。

大池のほとりに着いたのは、もう夕暮れだ。こんなに寒いのにブユがやたらにいる。顔や手足に虫よけクリームを塗り、乾いて灌木の生えている台地に重いザックを下ろし、早速棹《さお》を延ばしまずドロッピングの仕掛けを取り付ける。そろそろと水辺に近付き、三分ばかりじっと動かないでいてから、そっと棹を振りだして反応を見る。こうして十分ほどたったが一向に当りがない。ほとんど水の動きのないこんな池のようなところで岩魚を釣ったことのないボクは、なんだか不安になってくる。そろそろ岸を替えようかと考えはじめたとき、いきなりきた。水面でバシャッと音をたてて揚った最初のエモノは二〇センチぐらいの腹の黄色い岩魚だ。とにかくいることは確かだ。一時間ぐらいの間に四匹釣ったが型はほとんど変りがない。

暗くなってきた。棹をたたんで、急いでセブリを造り食事の用意に取り掛かる。岩魚のバタ焼は一匹で十分だから、別にボロ布に石油をしませた焚付けを作り枯木を集めて焚火をする。それで燻製製造を始める。バタ焼はラジウスでする。ラジウスは働き者の女中のようにおしゃべりだ。

——ダンナ年なし岩魚は本当にいるのかね？

――さあ、万事朝になって判るさ。

ワンダーフォーゲル

紅葉が終わって高原にはもう観光バスもこない。人の群は街に帰り、空気は爽やかさを通り越して冷たい。雪の気配がどこかにする。

――もう湖に鴨が下りたそうで……。

小屋番は薪割りの手を休めて湖の方角を眺める。

――晩めしは鴨鍋といくか？

――さァ信用ならねぇな。

ボクは小屋へはいって長押《なげ》しから銃を外し弾帯から真鍮《しんちゅう》のケースを二本選んで装填する。ゴム長を穿いて戸外へでて口笛を吹いたが犬はいない。

――ほっつき歩いてばかりいて仕様のねえ畜生だ。どうせいてもたいして役には立つめえが、いねえとなると腹が立つね。

と小屋番。

——水に落とせば濡れなきゃならない。

——まァその理屈だが、ときに弾帯は着けないんけ？

——二発でだめならあきらめて帰ってくるよ。

——なーんだナマケ猟師だ。

枯葦の間を縫って湖面に近づく。水は夏頃からみるとずっと減って泥の洲が延びて、その先に鏡のように小波《さざなみ》一つ立たない湖面が光っている。それは変に寂しく明るい空の下でその空より一層明るい。鴨の群らしいものはない。手袋を忘れた指がつめたい。

凍結したようなこの画面を眺めているうちにボクの心は鴨から離れて何かもっと遠いところへ走ってしまった。

視野の左からたった一羽の鴨が湖面に流れてきた。ときどき首を挙げ、マガモよりはいくらか巾広い嘴《くちばし》を背に向けて羽根を掻く。ゆっくり、ちいさい円を描きながらしだいに近づく、この停止した風景の中に点となって動いている唯一の生命だ。どうして一羽なのだろう。どのくらい眺めていたか。鴨は急に羽搏《はばた》いて水面を滑走し空中に飛び立つと、こっちに向かって飛翔してきた。ボクの上にくると気付いて方向を転じた。水掻きの膜が光を透してアメ色に見える。

晩めしはまた塩サバか。

ヴァガボンドの夢

晴れた日が続いて、秋の山道は明るい落葉に埋まっていた。こんな素晴らしいカーペットは砂漠の権者カリフのハルン・アル・ラシッドの天幕でもお眼にかかれないだろう。まるで雲の上でも歩くようにふんわりとして爪先きで軽くけると何の抵抗もなく黄金色のしぶきがあがる。見上げれば、天蓋は亭々として遥かに差し交す梢の枝々の模様はサラセンの彫窓よりも綾だ。その透間からもれてくる光の音楽はボクを夢心地にする。

おもわずザックを下ろし、秋の香りの沁みた褥《しとね》に身を横たえて眼を閉じる。王侯の午睡とはこんなものだろう。こうして見る夢はきっとシェヘラザードの物語以上に美しいかも知れない。

本当に眠って、本当に夢を見た。

夕暮れの森の道を行くと、スチームエンジンで廻している昔巴里《パリ》のフエトで見た回転木馬のマの抜けたパイプ音楽が聴こえてきた。

行手の小さな空地に青い豆電灯がついていて、黄金色に塗ったオルガンの周りを木馬が廻っている。人は誰もいない。いや一人だけ、兵隊の帽子を冠った爺さんがデンキアメを売っていた。買おうとおもってポケットに手を入れたが残念ながら一文無しだった。

ボクはまた森の道を行く。たそがれの灰色の行手から籠を背負った婆さんがやってきた。ボクが何もたずねないのに、彼女はお祭に木の葉せんべいを売りにいくのだと語る。

——ホラおカネはいらないよ。

いつの間にか手に持っていた木の葉せんべいを三枚くれた。

——森のそとの空はマッカだよ。

そういって歩いていってしまった。口にいれようとしたせんべいは本当の木の葉だった。一つぐらい食べられるのがあるかも知れない。ボクは足もとの木の葉をガサガサ調べはじめた。

ガサガサガサ。その音で眼がさめた。遠ざかる音は夢ではない。

伴ウィンクル

ダムの補償金をもらってから、貧しかった平家の落人部落もすっかり活気がでたという話だ。でも峠から眺望する谷は、まだ昔のままに静かで美しい。伝説をなくしてオカネを見つける新しい話を作った村のようには見えない。

ボクは今日は谷に下りないで穂笹山へ登って福島県側へでるつもりだ。スケッチブックをだして懐しい谷を描いていたら籠を背負ってオトナものの半纏《はんてん》を引っ掛けた少年が下からやってきた。うしろに立ってのぞきこむ。

――ここからオマエの家見えるか？

――うん。その画にも屋根が描いてある。

——どれだ。

——これ。

と手前の森の上を指す。描き終わって煙草に火をつけると、少年は隣りに腰を下ろした。

——おじさんは画描きかい。

——うん、画描きの伴ウィンクルというものだ。

——伴？　伴なんだって？

——伴ウィンクルさ。

——オレも伴だけどおじさん村の人じゃないぜ。

——お前の親父は伴マサシだろ。まだ炭焼いてるか？　お前の爺さまのマサカズは熊獲りの名人だったが、お前は知るまい。

——おじさん知ってるのかい。おとっつぁんも去年死んじまった。もうウチは炭焼いてねえよ。

——じゃスギエさんが働いてるのか。

——おっかさんも知ってるのかい。うちはいま飯場の上で売店やってるんだ。おじさんどうしてうちのことを知ってんだ、おじさん一体誰だい？

——知っているのはお前のうちのことだけじゃないさ。神社に残っている旗や巻物のことも、そこに書いてあることも知っているさ。

少年は眼をまるくして穴のあくほどボクの顔をのぞく。

——じゃやっぱし村の人かい。これから誰のうちへいくんだい。

——いや村へは下りない。伴ウィンクルがどういう人間かお前が本を読んで勉強すれば自然に判るよ。じゃサヨナラ。

峠のほとけ

熊笹の中をジグザグに切った眺めの悪い単調な路を三時間あまり、やっと見慣れた大きな岩を眼前にした。私は登路の終りを確かめて息を抜いた。汗で蒸れた自分の体臭が急に鼻につく。その岩の裂目を利用して踏まれた路をさらに一段あがると、峠の北側から吹いてくる晩秋の風が、ボタンを外した胸に冷たくて心持ちがいい。その爽快さも私にとっては予期された挨拶のように馴染みのものだ。

駒石峠の上は大小の岩とその間を埋める小石で五十坪ほどの台地になっている。そこだけが植物を拒否して標高二三二〇メートルの地肌を露わし、それがいまは太陽の光をこぼれんばかりに盛った秋のグラスを載せたテーブルになっている。台地を挾んで北側の谷からは石楠花《しゃくなげ》の群落が、南側からは熊笹の藪が、匍匐《ほふく》して境を争っている。

私は台地の中ほどに荷をおろすと、これから訪ねる北の谷間を望む北端の岩に立って、暗い針葉樹に覆われた脚下の深い森を眺めた。慣れない耳には沢の水音のように聞こえる風の音がする。眼をあげると谷を隔てて遠い対岸の山波が視野の半ばを横断し、それを越して遙かに一層遠い山々が重なり重なっている。

私は何度この峠を越えただろう。あるときは南から、あるときは北から、その中には今日のような秋晴れの日もあったが、春の雨、夏の風、また冬の雪の中を越したこともあった。

私が最初に駒石峠を越えたのは、もう三十年ほども昔だった。そのとき台地にあった小さな祠はもうとっくにない。その中に背を反らせて風雨に表情をもぎ取られていた石仏はどうなってしまったのだろう。

それらが失なわれたずっと後になって、そこに立てられた県境を示す杭でさえ、今は古びて、もとは白く塗ったペンキの上に書かれた駒石峠の文字が、褪《あ》せた墨色と落書きに傷ついて、もはや定かではない。

しかし、いま私の注意はそれらの変遷の跡に向いているのではなかった。台地の上から熊笹の中まで、私はある印を捜していた。だが、それはなかった。

素晴らしい秋晴れの景観を前にしながら、私はつい心の中につぎつぎにまぎれ込んでくる一つの事件の記憶に囚《とら》われて視力を失なっていった。

躰が冷えてきたので、私は風の当たらない岩陰に腰をおろして味のない煙草を口にしながら、自分の内側に拡がる汚点のようなものを見つめた。ひとしきり強い風が渡り熊笹がさわいだ。すると私はその熊笹の中から何かをつかもうとするように空しく宙に向かって差しのべられ苦悶する青白い汚れた手があるのを感じた。

やはり秋だった。紅葉は終りに近く、木の間は透けて谷は明るくなった。登山者はまばらになり、宿は静かな日々が続いた。古いつき合いの私は半ば家人のように遇されてもう十日も逗留していた。この谷間には私の泊まっている宿のほかになお三軒の温泉宿があって、隣家はそれぞれ一キロから二キロを隔てて建っていた。近所の山歩きにあきると、私はよくこの一軒一軒を訪問して閑《ひま》をまぎらわせた。

村から遠く離れた山峡《やまかい》のたった四軒の社会にも、人間臭い問題は充分すぎるほどあるようだったが、旅人の私は彼らの素朴な自然との交渉の方に興味を向けていたし――事実自然に向かって反応するときの彼らの単純で真摯な態度には一種の温かさと威厳があって、その美しい姿勢が私を惹きつけるのだった――それ以外の話題には近寄らないように無意識に気をつけていた。

確かに無意識ではあったが私はすでに予感のうちに知っていたのかも知れない。どんな人間の生理にもある救済し難い狂気と混乱が、この素朴な人々の表情の背後に表現し易い状態でかくされていることを……。

私たちの風土が決定している不安定な自然の一部に人の心もまた含まれていることを見るのは、時として無気味なものだ。

駒石峠の上に一人の行き倒れがいることを最初にK湯に知らせたのは、夜駆けで峠を越してきた一人の登山者だった。その日は土曜日だったから、その登山者がK湯に知らせて立ち去って間もなく、谷の一番奥の宿もまた他の登山者からこの知らせを受けた。こうしてつぎつぎに峠を越えてくる登山者によって知らせを受けた四軒の宿の人たちは、とにかく救助の問題を講ずるために私の泊まっていた宿の囲炉裏ばたに集まった。

四県にまたがるこの国立公園地域は深いというだけで、遭難者の頻発するような危険な山はなかったが、それでも毎年何人かの人たちが路を踏みちがえたり、滝に突きあたって動けなくなったりすることがあったし、また慣れない人が山の季節の判断をあやまって凍死したことなどもあるので、谷間四軒の人たちも、登山者の遭難に対しては力を合わせて処理に当たることになっていた。

四軒に齎《もた》らされた情報を交換してみて、人々に判ったことは、この行き倒れが登山者の遭難という単純なものではなく、はなはだいかがわしいものだということだった。

垢面蓬髪《こうめんほうはつ》の青年が、口のまわりを紫色に染めて苦悶しながら笹の中から手を延ばして、通りすがる登山者に助けを求めている……というイメージが驚きと昂奮を含んだ登山者それぞれの断片的な報告の集合から浮かびあがってきたのだ。

一人の登山者は「苦しい――水をくれ」と訴える彼に水筒の水をわけてやったという。「毒物を呑んだというから、早い処置が必要だとおもう。谷をさがるから医者にくるように伝えよう」といって、行き倒れがこの谷におろされてくることを疑うこともなく三〇キロほど下の町に向かっていったとのことだった。

――奴は熊笹の中に転がっていたという……それから見るとこの始末の責任はT県にあるとオレはおもうね。もし石楠花の中だとしたらこっちの領分というわけだが……。

――南谷の衆は知ってるかな?

――こっちから越えた客があればだが。

互に顔を見合わせたが、答えは否定的だった。

——もし誰か登山者が、その行き倒れを引っかついでこっちに転げこんできたらどうするね。途中まで連れてきたなんてこともあるかも知れねえ。おととしの遭難者のときみたいに……そうすりゃ考えこんでいるわけにもいかねえ。

K湯の息子のこの言葉は、四軒の人々のすでに予想されていた不安を明らかにしていた。

駒石峠から谷間まで高度差八〇〇メートル。かなりの急坂をおりてくると谷底に近づくにつれて何本もの別れ路が現われてきて、そこには木片に必ず「近道」と書いてあった。それは四軒の宿のそれぞれが一人でも多く自分の家へ登山者を誘導しようとしてつくったパイプで、あたかも一見美しく距離を保った森の樹々が、地中ではからみあいながら栄養を奪い合っている錯節《さくせつ》した根をおもわせる路だった。いまは皮肉にもその「近道」が人々の不安を一層昂《たか》める役まわりになってきた。

——当たったものが不運。そのときは他の三軒が手を貸すことにしよう。

私の泊まっていた宿の隠居の意見が約束されて四軒の代表は急《せわ》しい夕餉《ゆうげ》の仕度に間にあうべく解散した。

私は下流の宿のオシゲ婆さんを送ってやることにした。婆さんのところは目下婆さんと娘の二人だけで、長女の亭主は冬の間暮らす県庁所在地の自宅に帰っていたのだ。

——オラ話がこんな長引くとはおもわなんだで、考えつかなかったが、途中でもうそれが要るな。

婆さんは私の手にした懐中電灯を見ていった。

——来がけに見といたカノトもこれじゃ判るめえ。

そう自分でいっていたが、彼女の記憶は正確で、途中路から外れて指さす地点を照らすと、そこには必ず秋の最後の白い茸《きのこ》の群があった。

——カノトと豆の煮付けで、酒の出方がぐんとちがうでなァ……。

オシゲ婆さんはせっせと籠に茸を集める。家へ着くころにはすっかり夜だった。

——こんどのドブロクはうまくできたからちょっと飲んでみてくれや。

婆さんは私にそういうと野天風呂の方へ足を洗いにまわっていった。振り仰ぐと澄んだ夜空にもう星がきれいだ。駒石峠の上の男が苦悶から解放され、その魂が静かに夜空に昇天する時をおもった。

上ってゆっくり食事をしていけという娘たちに靴をぬぐのが面倒だからと断って、

なお強く引きとめる声をあとにして私はそこを離れた。四、五人の泊まり客が火のそばで、酔った声で事件をしゃべっている様子がなんだか不愉快だし、それに巻きこまれたくなかったからだった。

四軒の人々がそれぞれの思いで怖れていたことは、もうその夜のうちにはっきり現実になった。日暮れ方に通りかかった五人のパーティーが男を収容して交互に肩替りしながらオシゲ婆さんのところへ運び込んだのは、私が帰って二時間とはたたないころだったようだ。

食事を済ませて暗いランプの下で日誌をつけていると、入口の引戸が開いて、婆さんのところの使いだという青年が這入ってきた。彼は頼まれて伝えにきた宿泊人の一人だといって、着いたときの行き倒れの様子など話し、まだ二軒廻らなければならないからと、お茶も飲まずに出ていった。

——聞いたからには手助けをださないわけにはいくまい。仕事はそのままでいいから早くめしを済ませていってやってくれ。

隠居は息子に言いつけると、向うにもあるだろうがといいながら棚の救急函など取りだしはじめた。

その晩息子は帰ってこなかった。朝スケッチブックを手にして散歩にでた私は、二キロほど離れた長沢までいって大小の転石を前にした流れと森を描いた。この路は山腹を縫う長い登山コースの一部分で、いつもなら山峡の宿で泊まった人々の何人かに会うはずだったが、今日はまったく人影を見なかった。私は轟然《ごうぜん》と鳴る沢音を耳にしながら、陽の当たっている河原で、どういうわけか頭から離れない行き倒れのことを考えてみようとした。しかし私には現実に考えをすすめる手掛りが何もない。自殺者にとって「峠」がどうして必要だったか、自然を前にして望んだ死の意味は何か？　いくらでもこじつける理由がありそうで、すこしも納得できない気分がイライラさせる。人は多分毎日いくらかずつ自殺し、いくらかずつ生命を獲得して暮らしている。彼はそんな人生をまだるっこく感じて、峠の上で風景を悲壮にして巨大なペリウドにしたかったのかも知れない。

愚にもつかない想念はしだいに事件から離れ浅薄な方向をたどりナンセンスになってしまった。そして不幸な男の不幸な行為の方へ素直には近づけない自分の気持に嫌気がさして腰をあげ、散歩を切り上げた。

ちょうど昼食に間にあう時刻に戻ったとき、いま帰ってきたばかりだという息子は、すでに囲炉裏ばたで食事をしながら、父親に昨夜からの様子を話しているところだった。

——なにしろ吐いたものと瀉《くだ》したもので手もつけられない。担いでおりてきた衆はたいへんだったろうよ。躰もでかいし、俺がいったらまだ地面に転がしてあったからK湯と二人で野天風呂へ持っていって裸にしてザアザア湯を打ち掛けてボロ浴衣にくるんでから便所の前の部屋へ寝かせたが、自分じゃろくに立てないくせにゴロゴロ動いて手に負えない。水やったって薬やったってみんなすぐに吐いちまうんだ。だけどもっと手に負えないのは婆さんの方で、気狂いみたいになって担ぎこんできた衆にわめくんだ。「なにしてこの死に損いをうちへ連れ込んだんだ」っていってサ。剣幕があんまり凄いんで連中はじめはびっくりしてオドオドしてたが、しまいにゃ怒りだして「じゃ峠にほっておけっていうのか」って。無理もないよ。苦労して助けて怒鳴られるんじゃや。そいでとてもここには泊まれないってんでK湯へ行ってもらったんだが、双方なだめたりすかしたり一通りの骨折りじゃなかった。行き倒れは行き倒れで「水くれ苦しい」っていっちゃはいだすし、客は弥次馬になるし、そんなこんなで一睡もしなかった。おとっつぁんもあとでちょいといって婆さんを落ち着かせてやってくれ。

——医者はまだか？

——うまくいったとしても今晩だろう。不確かだから誰か迎えをだした方がいいな。警察にもきてもらった方がいいだろう。

——午飯済ませたらちょっといってこよう。お前は二階で寝ろや。

隠居はそういってから私に、一緒にいってみるかと誘ったが、私は遠慮した。


呑んだ薬は昇汞水《しょうこうすい》で、もはや手当ての方法もなく、死は時間の問題だということ、東京の下町に靴の修理業を営んでいる姉夫婦の家に同居してアメリカ軍のキャンプに働いている二十八才になる青年で、自分の存在が姉の家庭を不幸にしている原因だと信じて死を選んだことなどが、医者と警察官によって明らかにされた。

やがて医者も警察官も宿泊の登山者も立ち去ると、婆さんと二人の娘たちが引取人のくるまで、この自殺未遂の男をかかえて待つばかりになった。

夜など心細くてたまらないから、ただ泊まりにきてくれるだけでもいいからと、彼女たちに頼まれ、また隠居の口添えもあって私は断りきれなくなって引取人のくるまで泊まりにいくことになった。

行ってみると、すでに死に損いの男は、三坪ほどの古い薪小屋に移されていた。むしろを敷きよごれた蒲団《ふとん》にくるまって寝かせられていた。

——お医者さん助けてくれ、死にたくないよオ。手を握ってエ……。

彼は枕もとに坐った私をどうやら医者だとおもったらしく筋ばった大きな掌をだして私の膝をつかんだ。掌を握ってやると、一生懸命に力をこめているように見えるその指には少しも力がなかった。

——なにをいってやがるんだ、甘ったれやがって……どうせお前は死んじまうんだ。

後ろに立っていたオシゲ婆さんが怒鳴った。それから私の横に腰をおろすと、わきにかかえていたシャツのようなものの袖を引きちぎって襟に刺していた糸のついた針を抜き、なにやら縫いはじめた。

——そのシャツ……。

彼は凹んだ眼で婆さんの手元をみながらいいかけた。

——兄さんにおこられるウ……。

――おこられるもへったくれもあるか。おめえの尻の始末にウチのボロはもうみんな使っちまったんだ。おしめをこしらえてやるのはこっちの親切なんだぞ。それにアニキでもなんでもきてみやがれ、おこってくれるのはこっちだわい。

私はポケットから煙草をだして火をつけた。そして男に吸うかと差しだしたが、彼は首を振った。

――兄さんにおこられるウ……。

彼はまたセリフを繰り返す。

――この死に損い奴、何度いったら判るんだよ。なんだって駒石まできて死にくさるんだよ。K滝もあれば、湖もある。死ビトの名所はこんた山奥までこなくともあるに、O岳でもN山でも途中にゃいくらも山があるに、なんで駒石で薬を呑み、なんでオラの家に転げこんだんだ……。

オシゲ婆さんはしゃべりわめいているうちにしだいに昂奮して大声になってきた。夜になって、私は囲炉裏ばたで燃える榾《ほた》火をさかなにしてドブロクを飲んでいた。いつもなら陽気で賑かで酒の強いオシゲ婆さんは、つぎの間の仏壇に何本も蝋燭《ろうそく》を立てて、その前でお経をあげている。二人の娘はおびえた動物のように無口になって、それでもときどき皿、小鉢を私のところに運んでくる。三人が絶えず戸外の物音に神経質になっているのが私にはよく感じられた。

何か物音がすると、娘たちは身をすり寄せ婆さんは急に読経の声を高くする。

——悪いけどおっかねえから囲炉裏ばたでやすんでください。

娘は私にそういってランプの光のとどく外れのあたりの板の間に夜具を整えると彼女らも母親の後ろに並んで一緒に読経をはじめた。

土間のガラス戸がきしんだ。娘たちは二人とも高い声をたて、婆さんは一声大きく、

——ナンマミダブ

と誦《とな》えた。私が立って戸を開けると、浴衣の前をはだけた彼が柱にすがって立っていて、

——水をくれ、水がのみたい。

しゃがれた声はつぶれて、やっと言葉になっていた。

それから四日間彼は生きていた。その間毎日、婆さんと二人の娘は昼は彼に向かって狂気のように呪詛《じゅそ》をあびせ、夜はおびえて経文を誦《ず》した。引きとりの兄という人は来なかった。五日目の朝三軒の宿の男たちが集まって蒲団ごと死体を蓆《むしろ》にくる

んで棒を通し、仮埋葬場へ運んだ。といってもそんな場所が特別にあるわけではない。どこか人の気付かないそして引取人がきて荼毘《だび》に付するときに便利な場所をこれから捜すわけだ。

私はシャベルとツルハシをかついで行列に続いた。丸木橋を渡り対岸の斜面を一段登って宿を振り返ると薪小屋から黒い煙があがっている。石油でもかけたらしく見る見るうちに焔《ほのお》が吹きだした。

——なにも小屋まで灰にすることはねえに。

K湯のオヤジがいった。

——どうせケチのついた小屋だ、見るたびにおもいだすんじゃ婆さんもいやだろうよ。

上の宿の息子が応えた。

朝の光の中で、なお赤い火に照らされて、三人の女が走りまわっている。それはなんだか狂喜乱舞している祭を見るように錯覚された。

場所はなかなか見つからなかった。最後に小さな山襞《やまひだ》をたどり、どんづまりのようになった窪地に死体をおろした。ツルハシで掘りにかかったが石ばかりで少しも

はかがいかない。Ｋ湯が正面のガレ場に登ってザラザラと石をシャベルで落としはじめた。そして一時間死体は石混りの土砂に被われて小高く盛り上った。

上の宿の息子がポケットから線香を取りだして火をつけた。しるしの枯木を立て、埋葬は終わった。山道にでると、この場所は立ち合った四人以外には誰にもしゃべるまいとＫ湯が急に厳粛な顔で誓いを求めた。皆がうなずくと彼は妙な手付きをした。九字を切るという言葉は知っていたが、見たのははじめてだった。

三人は急いで立ち戻っていったが、私はしばらく腰をおろして墓の方を眺めていた。長く続いたこの変な日々を回想しても、なにかすこしも理解できなかった。

山は静まりかえって、自然は昨日のようにまた明日のように、時間の上で時間を呑みこんでいる。

二年ばかり経って私がまた谷間を訪れたとき、ついに引取人のやってこなかった死者のために、峠に地蔵を立てるとオシゲ婆さんがいっているという話を隠居がしていた。それで私は、この国の古い山道に立っている石仏の背景にひそむ一種暗欝《あんうつ》な情緒の一端をみたように感じた。

いま峠で私の眼が追ったものは、オシゲ婆さんの地蔵尊だったが、それはまだない。

一人歩けば

未決闘

カサカサと枯葉を踏む特徴のある足音がする。犬のいない猟師はみじめなもんで、このとき素早く犬とならねばならない。ほとんど四ツンばいの姿勢で、全身耳となって方向を確かめる。カサカサ、灌木の下枝をくぐって急な斜面をトラヴァースしながら、静かに音に近づく。秋の山肌は枯葉で埋もれている。鳥の足音で山鳥を追う猟師。猟師の足音で追跡を知る山鳥。山鳥動けば猟師も動き、山鳥止まれば猟師また止まる。

足音は下へ下へと降る。どうもいけない。一向に姿が見えない。

カサカサと、また、意外にも横の方で音がする。近い。どうもこっちへ向かってくる気配。しめた別腹《べっぷく》がいる。息を殺してじっとしていると音が止んだ。前方を一生懸命観察する。どきんとする。尻尾をピンと立てて頭を突っ込んでいる奴がいる。いやまてよ、あれは山鳥の尻尾でもキジの尻尾でもない。その尻尾がせり揚ったそ

の下からチロルハットが現われた。チョビひげの顔が現われた。銃口が現われた。

——打つなっ！

フナツの料亭に無理やりに連れられたボクは、その紳士から盛大な饗応にあずかった。そしてベロベロに酔っぱらった。紳士は終始ボクの肩を叩いては、

——キミを殺さなくてよかった。

というのである。

——いやボクがアナタを殺してしまうところだったんですよ。

——いやボクがキミを殺す筈だったんだ。

——違いますよ。ボクがアナタを打つ筈だった。

——そうじゃない、アアなんてってもキミを殺さなくて……。

——いやボクですよ。

——いや私が……。

山鳥が聴いたらさぞ笑止だったろう。

むくい

少年少女向きに書かれたファーブルの昆虫記の挿画を描いてオカネをもらった。そのオカネからのいくばくかをポケットにいれて、チチブ山塊に向かった。コガネムシはまァまァの出来だったが、ジガバチの画はどうもいけない。

ポケットの分はコガネムシからもらった稿料だとおもえばいいや……などと気にしない振りをして朝早くトチモトの宿を発った。

河を渡ってカリサカ峠に向かう。トロッコの枕木を踏みながら延々たる山腹の路を行く。いつか軌道を外れ山腹をからんでは小沢を渡り、また山腹をからんで次第に高度をあげていくのだがいっこうに涼しくならない。高くなった陽はヤケに照りつける。ザックをおろして半ズボンをだし、半そでのシャツをだし、衣替えをする。

雑木の緑を縫って射してくる光がとても美しい。梢を眺めながら、ぶらぶらと行く。

突然がくんと朽葉の穴に右足を突っ込んだ、とおもったら物凄い喚声をあげて、黒煙のようなものがボクを取りまいてしまった。

ハチの巣！　とおもったときはすでに遅く、ズボンのすそから、靴下の中まで襲ってくる。ザックを投げすてて、帽子ではたき掌で叩く。猛烈なるハチ踊りである。やっとハチから離れた途端に路ばたにぶっ倒れてしまった。躰中火がついたようだ。中でも痛切なのは頭のテッペンのやつである。最近とみに薄くなった毛髪のスキをねらって襲撃した先生は、敵ながら天晴《あっぱ》れというべきであるが、まさに頂門の一針などと洒落れてはいられない。どんどん脹《は》れてくる。

おそるおそるザックを取り戻し、よろめきながら河床へ下りた。体温計などないが、ぐんぐん発熱してきたことが判る。河原にのびてタオルを冷やしては顔にあてる。神気モーローとなった。

冷たい風にふと気付いてみると、もう夕暮れだ。あいかわらず躰中凸凹だ。恐らく顔もひん曲っているだろう。あんまり変な画を描いたんで奴ら怒ったのかな、一体どうして判ったんだろう。

それにしても、天の配剤が地中からやってくるなんて、全く意外だ。

遭遇

満月だ。はじめての路だけれども灯火はいらない。尠《すく》なくとも森林地帯へはいるまでは。

左は岩の壁が続き、右は下に向かってゆるい斜面が一面に深い熊笹だった。冷たい月光の下で、それは海のように見えた。

だらだらと楽に下っている路を、景気をつけて早足で歩いていたボクは、曲りかどで、アッとおもう間もなく、人にぶつかってしまった。何か獣のような叫びをあげて、その人は熊笹の中に頭から逆さまになって飛び落ちていった。

——いやどうも、すみません。

驚きから戻ったボクは熊笹の中の人に声を掛けた。ところが、笹の中に落ちたままの姿でいるその人は、ピクリとも動かず、返事もしないのである。黒い着物の裾から白い脚が二本こっちに向いている。暗くて顔は見えないけれど、乱れた長い髪

と胸を防ぐようにしている肘などから女性だと判った。

——お怪我はありませんか？

やはり返事はない。しかしどうも気を失っているようにもおもわれない。身体全体が緊張していて、ぐったりしたところがないのである。登山者であるとか、メンソレがあるとか、ボクはいろいろいったようであるが、依然として動かない。

とうとう心配が余って、ボクは路から下りて熊笹の中を彼女に近づいていった。もう二、三歩というところまで近づいたとき、ボクはパッチリとあけてボクを睨《にら》んでいる眼を見た。何か寒気がする。立ち止まって声もでないでいると、彼女の左手が動いて、それまで気付かなかった、右手で抱えていたムシロのような包みに延び、至極ゆっくりと刃の長いナイフを取り出した。ボクもゆっくりと後退した。そして路に戻った。

もう何もいうことはなかった。彼女がそれを願っているだろうように、ボクはだまって立ち去った。

真夜中に会津駒の山中を歩く女は一体何者なのか、ボクには見当もつかない。

樹の上から

森林帯を抜けて、あとは一瀉千里《いっしゃせんり》にキクラ沢の河床に下りるという眺めのいい場所に、ゴヨウマツの大木が一本はえていた。ヒルメシにしようとおもって腰をおろすと虻《あぶ》が矢鱈《やたら》にくる。それに腰をおろすと位置が下って、草も延びているもんだから折角の景色がなくなる。見上げると上の方に枝が重なってよさそうなところがある。苦心してよじ登ると場所はいいが小枝が邪魔でいけない。申しわけないが植木屋よろしくナイフで切りはらう。手が脂《やに》くさくなる。ザックからシートをだして、どうやら軽便ターザンとなる。柿の種と取り換えたわけではない手持ちのムスビを食べ、テルモスの渋茶を飲み、タバコに火をつけて木の股に横になる。松籟《しょうらい》を聴き、天下の景を愛《め》でる。いい気なもんである。

——ここがいいや。

——そうネ。

突然、アベック登山者が樹下に現われて、ボクの存在を無視して下でカン詰などをあけはじめた。ちょいとのぞいて見たところ女性の方は海岸で冠るようなカンナガラの帽子を着用していて顔が見えない。

——大きなハエね。

——虻だよ。

などと他愛がない。この際、のそのそと木からおりて驚かすなんてのは良くないからじっとしていてやろう……とおもったら急に咳をしたくなったり、なにか歌ったりしたくなる気持が起きて、がまんするのに骨が折れる。

二人はあまり景色を問題にしないで、山小屋の値段が高いことだの友達のことだの、テアトル銀座でいまやっている映画の話だのしてから紙屑を散らかして下りていった。

さて降りようと腰を浮かせると、またガヤガヤとやってきた連中が、また足下で立ち止まった。

この連中が小休止の間に交した会話はここに紹介する価値もない。樹になんぞ登った自分がうらめしくなった。

昔中学校の副読本で習ったナサニエル・ホーソンの小説に、デビットという少年が泉のほとりで眠っている間に、いろいろの人間が立ち寄る話があったことをおもいだした。あれはやっぱり小説だ。

対岸の人

岩魚釣りにいって岩の上で休んでいたら「オジサン」と大声で呼ばれた。轟く水音の向うからだ。水を眺めていた眼をあげると対岸の岩の上に一人の男が立っている。それが、見たところ実に変な男なのだ。汚れた顔と手足。髪は茫々《ぼうぼう》、印半纏《しるしばんてん》につぎだらけのズボン。傑作なのは片脚が地下足袋で片脚がゴム長。〝寿〟と赤く染め抜いた風呂敷包みをさげている。大柄の上に顔も手足も普通よりひとまわり大きい。

――オジサン、コーベいくにはどっちへいけばいいかね。

――コーベ？　コーベなんてとこ知らないな。まさか兵庫県のコーベじゃないだろう。

――それだよ。ミナトコーベだよ。ウミのカモメがァ……（ここのところ歌となる）

――冗談じゃない。飲んでるのかい？

――酒なら飲んでないよ。何しろきのうから何も食ってないんだ。オジサン食うものないかね？

ボクはムスビをだして投げてやった。以下岩の上に腰をおろしてムスビを食っている彼との対話。

――ゆうべどこに泊まったんだ。

――山ん中さ。寒くてなァ。ムシャ、ムシャ。

――どうして神戸へ行くんだね。

――親方がいけっつうからだ。

――親方ってなんだい。

――クミのさ。俺はもういらねえから神戸へいけっつうのさ、神戸にゃ誰にも仕事あっからってね。

——そうか、ところで汽車に乗るカネはもってるのかい？

——カネはねえよ。いいんだ俺歩いていくから、ただ道がわかんねぇんさ。

——ここは群馬県だってこと知ってるね。

——ああセンジからトラックにのったときから知ってるよ。オジサン道教えてくれよ。きいてばかりいねぇでさ。みんな俺にきいてばかりいて、ちっとも教えてくんねえんだ。

——その上の路をアッチに下りてくんだ。それからまたきくんだよ。

——ありがと。

手帳

観光道路とスキー場の開発とやらが、どんどん進んで、とうとうそんなところまできてしまったか、とおもわせる手紙が届いた。
二十四、五年まえに北方のある造り酒屋の息子がヒュッテというものを建てて当時ぼくたちがつくっていた〝呆巣《アキレス》〟という山登りのグループを招待してくれた。というのは、そのヒュッテなるものが、実は仲間の中でWというワセダで建築を勉強中の男が設計した図面をもとにしたものだったからである。もともとその図面は〝呆巣〟の山荘となる筈であったのだが、資金の点で実現が頓挫してしまった代物で、ボクなどはそれが他人の手で知らない山の中に建ったのかとおもうとシャクにさわった次第だが、Wにしてみれば、とにかく夢が実現したので嬉しかったらしく、しきりに仲間をせきたてた。五人ばかりでいってみた。一週間そこに滞在した。そのヒュッテは、ボクたちの考えたものとは全く別なもので、Wが一番にガッカリし、ボクたちはなにやら安心した結果となった。酒屋の息子なる人は大いに歓待してくれたがそれっきりの縁で、すっかり忘れていた

その息子の兄という人の手紙では、ボクの書いたものや描いたものを山の雑誌で拝見しているという書き出しで、そのヒュッテのある山一帯が最近スキー場となって、ヒュッテを取り壊して新しく大きな宿屋を営業することになった。宿屋の名称は戦死した弟の名前をとろうとおもう。ヒュッテを壊すまえに一度来てみませんか……。

こういう招待状であった。

出掛けていったボクは、昔のようにたいへん親切なもてなしを受けた。昔一日がかりで歩いた路を車は二時間で登った。ヒュッテは意外によく手入れされていた。その夜ヒュッテでボクは、その兄という人から、小屋を整理していたら古い弟の手帳がでてきましてねえ――といって、一冊のノートを渡された。あなたの参考になるようなことが何も書いてないんで残念です。弟の奴汽車弁のオカズや旅先きの食いもののことしかメモしてないんです。たった一つ下手な俳句が書いてあります。アキレタもんです。あけてごらんになってもかまいません、ドーゾ。

その手帳を膝に置いて、ボクは返答に困った。あけてみなくても判っていた。それはまぎれもなくボクの忘れた手帳だったから。

（もしこの一文がお眼にとまったら、あなたも、当惑したあのときの私の気まずい沈黙をゆるして下さるでしょう）。

絵はがき三通

1

拝啓ハジカノから歩いて宝銅山の横を通って一昨日の晩は折平爺さんのところで泊まっちまった。三ツ峠はもう公園なみだが、朝の富士さんは相変らずいい。きのうはずっと湖越しに富士さんを左手にしていい気分だった。

無風快晴、二人で一升五合だったから汗が止まらず、黒岩のオカン場で四時頃までヒルネしたら二度ばかりクシャミがでた。オレの悪口いってたんだろ。大石峠のとこで、ワナに掛かって延びてた兎を一羽拾った。交換に兎からの手紙を代筆してウラミツラミを書きコンバン化ケテデルゾとワナにしばりつけておいた。あんまり遊びすぎて尾根がUターンするところで暗くなり十二ヶ岳にかかる切り込みから岩に取付いてみたがルートをまちがえて、オッカナイ目にあった。毛無しのカヤトにでたら急に疲れがでて、もうわずかなのに路の真ん中に大の字になってグウグウ眠っちまった。今朝暗いうちにタカスケの家を叩きおこしてお文さんに朝めしをごち

そうになってから小屋にたどりつき、フタを開けた。
以上六時間ですむところを二晩かかった理由にて御座候　敬白

2

拝啓　一体なにしてんだ。撃針の交換ぐらいでそんなに手間取っちゃ困る。もう一週間になる。朝牛乳を取りにいくたびに岬の乗っ越しの桑畑の下で山鳥がでる。鉄砲がないのであいつら皆でオレをバカにしてるんだ。一発喰わしてやらないと胸のつかえが吹っ切れない。きょう見晴しのバアさんとこへうどん食いにいくので空気銃をもってったら、南斜面の林にでるたびにカケスは笑うし、ゲラはちょんちょこ頭の上をつけてくるし、リスもカラマツの幹を上ったり下りたりしてデモしやがる。

あんまり癪《しゃく》だから茂みに五分ばかりキジ打ちスタイルで息を殺して待っていて近付いたカケスを打ったが胸毛がパッと白く散っただけで大袈裟な声をあげて逃げた。

「ドカーン」と声にだした間抜けた気持が判るか。もちろん本当の鉄砲だったらカケスごときは眼もくれないが、とにかく早くもってこい　匆々頓首《そうそうとんしゅ》

3

拝啓　小人山居して不善となる気味合いは、身心淡白となったからだとおもう。また淡泊となりし理由は山紫水明にあらずして蛋白の不足だとおもう。来週くるときの土産は干物じゃなく牛肉に願いたいね。

この三日ばかり草ばかり反芻《はんすう》してるんで、とかく思想が坊主のように陰険になってなにかと事物にケチをつけたくなって困る。

大根おろしと大根の葉っぱの味噌汁につくづくアキたから今日は釣にいってきた。マスでも一匹あげればと期待してたが、マスどころかコイもフナもダメで追河《オイカワ》ばかり三十ほど。キミも知ってるとおりこの湖の追河ときたら骨ばかり固くて身はただ生臭いばかり。

イヤになって舟底にひっくりかえってEの奴が忘れていった「眠られぬ夜のために」という本を読んでたら、いくらも読まないうちにぐっすり眠った。あれはヒルネにも利きめがある本だ。ごくろうにも最後まで字がつまってるが、最初の十頁ぐらいでアトは白紙にしてもよかったろう。

もっとも、いかなる夜も眠られぬタメシなどないオレなんぞにははじめっから縁のない本だけどね。

キノコをさがしに行ってクマにおこられた話

1

はやくこないとキノコがなくなってしまうと、手白沢温泉の宮下老から招きをうけた。若い友人の松尾君と九月の末にでかけた。日光湯元に昼頃着いて、釜屋の裏手の売店で、ラーメンを食べてから歩きはじめた。金精の峠にでるじぶん、曇っていた空から霧雨が降ってきた。週末でも休日でもないので人の気配が全くない。だが、峠の上は紙屑や盛んな食欲のぬけがらが散乱している。空缶のレーベルなど剥《は》がれて秋雨に濡れて鮮やかに光っている。美しいような醜いような感じだ。

念仏平へはいって、最初の水場へ下る急坂の途中で、私は足を止めた。下の流れに二頭の動物がこっちに背を向けて、というよりは尻を向けて水を呑んでいるのが見えたからであった。瞬間犬かとおもったが尻のところにそろって丸く白い毛があるので、鹿だと気付いた。うしろの松尾君もすぐ立ち止まって、やア鹿ですね、かわいいなと小声で私にいった。二人の人間はしばらく静かに二頭の動物を眺めてい

たが、気付かれないようにそっと歩きはじめた。だが十歩もいかないうちに、鹿は急に頭をあげパッと一跳びに流れを越え、右のほうに高く延びている狭いガレを駆けあがって消えてしまった。

急斜面を前後しながら二頭の鹿は、まるで爪先きにバネでもついているかのように弾んでいった。跳躍するたびに尻の白いまるい毛がゴムマリみたいだった。

この美しいシーンは、深い森の中で出会って見たいとかねて想像していたものにそっくりだと松尾君はいった。

運がいいのさと私は答えた。私はこの富次郎新道を何回となく往復しているけれども、鹿を見たのははじめてであった。この道ばかりではなく、長い間に通ったどこの山の道ででも、鹿をこんなによく観察した経験はなかった。ほんとにめずらしいことなんだと、初めて山奥にきた彼に告げた。

2

このへんで私に判る食用キノコはモタセというのとカノトというのとマイタケとよぶ三種ぐらいなものだった。正しい名称かどうかは知らない。宿の老夫人に教えられたのである。二人はもっぱらたべる方に興味をそそぎ、判別はこの小母さんにまかせた。キノコ料理を前にして「湯殿の誉れ」と命名したドブロクを飲みながら炉ばたにねばっているのは楽しかった。着いて三日目の晩に栗山村の人たちが泊りがけでやってきて、炉ばたは急に賑やかになり話がはずんだ。私たちが水場で出会った鹿の話などしたからでもなかったであろうが、話題は山の動物たちのことになった。

山の炉辺談話のヒーローはなんといっても熊である。私もこれまで遠方から眺めたことは何度かあったが、山中で間近かに熊と接触したことはなかった。しかし炉ばたの話にあまりしばしば登場してくるので、もはや熊はきわめて性質のよく判った存在のように錯覚していた。脚に熊の爪痕《つめあと》をもった猟師にも会ったし、自分が獲った熊の爪を胴乱《どうらん》のヒモにつけた男の手柄話もきいた。出合がしらに格闘して熊の口に手を突っ込んだ土方の親方を紹介されたこともある。だが直接熊に遭遇した人の話はやはり尠《すく》なく、たいていは誰それの話として炉辺に連れこまれてくるのであった。そのときの話題になって登場してきた熊たちも、だいたいそういうたぐいの熊であった。

それでも松尾君にとっては相当な刺戟だったとみえて、なんだかこの辺には熊がウヨウヨしているようですね、と翌朝宿の前の熊笹刈りを手伝いながら私にいった。いやそんなことはないよ、私もめったに拝んだことはないんだから、しかし君は一回で鹿に出会うほど運がいいんだから熊にも会えるかもわからないね……と冗談をいったが、数時間後にこれが冗談でなくなるとは、もちろんそのとき私はいささかもおもっていなかった。

3

温泉の宮下老は齢のせいで出あるくのがだいぶおっくうになったらしく、一緒に行くはずのマイタケの株のある場所の見当を教えてくれて、二人でみてきてくれという。一昨年そこで背負籠にはいりきらないほどの大きなマイタケを採ったから、一年おいた今年は、また必ずできている筈だというのだった。

松尾君と私は欲張って大きな籠を背中にして、そのマイタケの古株という奴をさがしにでかけた。ずっと手白沢に沿って下り、新助沢の出会いから左の無名の尾根へあがって、稜線についているけもの道を伝って、三角山と勝手につけたどんずまりのところへでて、向うへ落ち込む斜面と右側の斜面の境になったところを下りはじめた。四十度ぐらいもある急な笹やぶと石のごろごろした、いやな場所だった。目的の古い木株は右斜面のどこかにある筈であった。三十分ほど降りたとき、向う側の斜面を下から何かこっちのほうにあがってくる気配がした。枯枝が踏まれては折れる音がしだいに近づく。松尾君は私の右後方一〇メートルぐらいのところにいた。誰かいますね、と彼がいった。目あてのマイタケをさきに見付けられちまったかなと私は答えたが、すぐ、もしかすると熊かも知れないぜと半ば冗談のつもりでいった。

左側の角になったところまでいって向う側をのぞき込んだ。そっちの斜面は熊笹が案外まばらで背も低い。枯葉と枝が埋まっているそこのところを、こっちに向かってガニ股で登ってくる、ひどく愛嬌のある黒い熊の姿がみえた。五〇メートルぐらい離れていた。

本当に熊だよ。国定忠次みたいだぜと私は振り向いて松尾君に告げた。石井鶴三画伯描くところの国定忠次の挿画が宿の古雑誌にあって、ずんぐりして毛ずねの太いところが印象的だったが、それにこの熊はそっくりだった。私の声で熊もピタリと止まって私のほうを見上げた。

ここまでは、私はすこしも怖ろしさを感じていなかった。それはいままでに炉辺談話に現われた多くの熊によって、熊の性質をすっかり知っているつもりでいたから……。

十間も離れていれば熊のほうで逃げるはずだった。熊といえども危機を感じなければ攻撃することはない……はずだった。人の声を聞けば姿をかくす……はずだった。

ところがこっちを見上げてちょっと躊躇《ちゅうちょ》していた眼前の熊は、次の瞬間猛然とこっちに向かって駆けてきた。私は急に恐怖を感じた。振り向いたが熊笹の中ではどうにもならない。右手のところに大きな石があってそこの上が半坪ほどの平らになっていたので、とにかくそこへあがった。あがったけれども、熊が稜線までくれば、この石は熊のすぐ足の下である。石の下方は二、三メートルの段がついているだけのものだ。左手に橅《ぶな》の木があるが、登るには太すぎる。それにそこまで笹を漕いでいるうちに追いつかれるだろう。こうして言葉にするとのんびりしているが、これらは一瞬のことだった。背中の籠をおろすひまもなく熊の頭が稜線にでた。私を見つけると二、三歩近づいてから前肢を開いてスーッと立ち上った。

私はどうしていいか全く手段もなく、呆然と熊を眺めていた。ただ熊が本当に跳びかかってきたらおもいきって遠く、この石から飛び下りるよりほかはないなァとおもっていた。

熊の荒々しい黒い毛には想像もしなかった生臭い野蛮な印象があり、ガーァという巨大ないびきに似た吠声は、きわめて圧倒的で、歯をむいた真赤な口の中は凄い印象を与えた。そのとき左上方にいた松尾君が、どうしたわけか転倒して笹の中をザーッと辷《すべ》り落ちていった。その物音が熊を動揺させた。私に向かっていた熊は、こんどは松尾君のほうに頭をむけた。そしてもう一ぺん吠えると頭をくるっと振って四肢を土に着けた。稜線を越えて向う側へ姿をかくすまでに、戻りかけたり行ったり二、三度躊躇した。

しばらくしてそっとのぞくと、もうかなり遠くの笹の中をざわざわと、そう急ぐ様子もなく立ち去る姿が見えた。

二人はもうマイタケをさがす気力もなくなって、しゃにむに駆けおりて沢沿いの道にでると谷の水で顔や手足を洗ってから煙草をだして一服した。そしてやっといくらか気持を落ち着けることができた。

こんなバカなことはあるもんじゃないが、二度あることは三度あるというから、もう一回なにかに会うかも知れないネ、もう熊はたくさんだが……と私がいうと松尾君も、そうですよ、と賛成した。そして幸いその後は何にも会わずに帰京した。

4

最近はそうでもなくなったが、それからあと一年ほどは一種の熊ノイローゼにかかって、一人で山を歩いていても無意識に物音を注意していて、ちょっと変な感じがするとすぐ熊ではないかと心配した。殊《こと》に奥日光の山はいけなかった。いつか奥鬼怒谷から湯元への途中温泉岳から金精のくだり口でバッタリ詩人の鳥見迅彦夫妻とその友人がくるのに会った。私は歩きながらムスビを噛《かじ》り一人で歌を唱っていた。鳥見迅彦は夫人に、辻のやつ熊が怖ろしくて大声で歩いていたんだぜ、きっと落ち着いて腰をおろして食事もできなかったにちがいない、といって笑った。

彼のいうほどではなかったが、多少その気配を所有していたので、頭から抗議もできなかった。吠えられたものでなければ、この気分は判らない。

それでも山へ行くのをそのために考えなおすというところまでは悪化しなかった。しかし私の若い友人はどうだったろうか。はじめて山へ出掛けてこういう目に遭えば山の印象がちがうはずだ。

そのせいで山へいきたくなくなってしまったということにはならないだろうが、一人ではいやだ、というぐらいのことにはなったかも知れない。三角山で会った熊の一喝には、そのくらいの威力があった。

はじめてのスキーツアー

雪の降るクリスマスイヴに上越線に乗った。高崎のあたりでも、もうまっ白だった。ずっと昔、戦争前の呑気な頃で、どこというあてもない。ただスキーツアーというのをやってみよう、というKの提案に安直に賛成したばかりだった。

湯沢までの切符は買ったが、この大雪なら越後まで行くには及ばないというので、後閑の駅に降りた。三尺ぐらいも積もっていて、まだ饂飩《うどん》降りである。(あの頃はなんだって雪が多かったんだろう)家々はみな戸を閉ざして眠っている。

Kとボクはスキーにクリスターボックスを延ばして待合室の外に立てかけ、たばこに火をつけて冷えるのを待った。列車のスチームで蒸された躰が足のほうから冷えてくるのも気持がいい。新しく取り付けたフェンダーストラムマーのついた締具が金属的な響きをたてて靴の踵《かかと》を締めつける、その音もなんとフレッシュに感じられたことだろう。そのときの心の動悸は三十年ちかく過ぎたいまなお思いだすことができる。なにしろボクにとってはじめてのスキーツアーだったのだから。

Kは北海道の生まれで、その頃野付牛《のつけうし》と呼んだ町、今の北見市の中学をでた複合競技のチャンピオンだった男で、ボクの最初の雪と山の仲間でスキーの私的教師だった。彼はフリチョフ・ナンセンを崇拝していた。その影響で野菜やハムなどをき

ざみ込んだホットケーキの親分のようなボッタラ焼きを作り、それをいくつもペタペタと躰に貼り付けてその上からアンダーシャツを着込んで弁当にしていた。いつも温く食べられるから……とボクにも奨めるが、いくら自分のでも汗臭いボッタラ焼きなど実験してみる勇気がなかった。ずっと後になって、ある猟師が砂糖を混ぜて搗《つ》いた餅を晒木綿《さらしもめん》の間に挟んで躰に巻き付けるのを見て、人間の考案が、似た条件の中で、似ることがあるもんだと面白く感じたことがある。

話がそれてしまったが、そのKの先導で、三国街道を法師温泉まで行こうということになった。途中で彼から三段滑走やパスガングなどのコツを教わりながら人気《ひとけ》の全くない真夜中の雪降りの中を酔狂にも走りだした。

ボッタラ焼きのKのザックは小さい。幼稚園の子供が背負っているアレであった。(まだサブザックといま呼ばれるような型のものはなかった)ボクは当時最新型だった片桐で作ったヅダルスキー氏式というデカイやつで、たいへん得意な代物だったが、重い上にKの速度に合わせて大股なピッチで急ぐと背中と腰の上でごろごろして、いくらも行かないうちに汗びっしょりになってへたばってしまった。技術の差はおそろしいもので、Kは汗一つかかないでニヤニヤしている。

キックが足りないの、腰が残るの、ストックを遊ばせるなとさんざんゴタクを並べた揚句の果てに〝内地の奴はどうしてこうスキーに乗れないんだろう？〟とさも不思議な顔で溜息を吐くに及んで、こっちも勘忍袋の緒がきれて〝牛や馬と一緒に育った道産子と一緒にされてたまるか〟と大声でやりはじめた。法師はおろか猿ガ京もまだ遠い。

ボクはこんな調子ではとても持ちそうもない自分の力量に見切りをつけて、一人で予定を変更して、夏行ったことのある川古温泉へ行く決心をした。そこで〝おまえは法師に行けよ、俺は川古へ行く〟と宣言してスタコラと後戻りをした。シュプールから別れて川古への道へ踏み込むといくらか登りになっていたが、Kが塗ってくれたワックスがよく利いて調子がいい。なによりうるさい奴がいなくなって自分のペースでゆっくり行けるのがいい。あたり一面まっ白のくらやみだが、デコランプで道らしい窪みをたどるのも、Kのシュプールばかり追いかけて夢中だったそれまでと異なって心が落ち着ける。

いきなり右手に近々と急斜面の樹林が感じられ、デコランプの光の中に川古の宿の板壁が現われた。立ち止まってホッと一息ついて、いまごろKの奴どうしてるだろう、とふと後を振り返ると、二、三メートルのところに灯をつけていないKが立っているではないか。しばらく二人とも黙っていたが急におかしくなって笑ってしまった。

〝まァいいや〟とボクがいうと〝なにがまァいいやだ、そりゃこっちのセリフだ〟とまたKがとがった声をだしたが、もう別にどうということはなかった。なにしろはじめから計画など皆無なのだ。

つぎの日も、そのつぎの日も雪は止まなかった。二人は宿の近くで雪を踏んでゲレンデを造って練習したが、ちょっと休んでいるとすぐ踏んだところも踏まないところも判らなくなった。全くよく降った。夜はぬるい湯につかりながら川原から掘ってきた粘土で盛んに裸婦の彫刻などこねた。モデルは宿の婆さんとおかみさんである。

三日目にやっと晴れて、宿の内までまぶしくなった。仏岩という記号のあるちいさな峠を越えて水上へでることにして宿を発った。降りたてのまだ落ち着かない雪は眼を近づけると結晶さえそのままに朝陽に輝いて美しい。しかしラッセルは相当なものだ。専らKが担当したので、こっちはゆっくり雪景色を楽しめた。

仏岩の下をまけばあとは下降一方だとおもって楽観していたが、スキーの先端が

ズブズブと刺り込んで、うまく滑るどころではない。やはりモタモタと歩くばかりであった。

ボクたちは師走の水上温泉を抜けて、谷川温泉まで行った。谷川岳へでも登ってみるか……ということになったのだ。いまの常識ではまるで無謀に聞こえるかも知れないが、当時の山ヤやスキーヤーにとっては別に珍しいことではない。なにしろお説教も案内書も手引きもほとんど無かった頃なのだから。

その頃の谷川温泉は鄙《ひな》びたところだったが、それでも前に泊まった宿も、這入ってみると新築の棟ができて広くなっていた。忘年会かなにかの客がきていて、その晩はひどく賑やかだった。

翌日も晴天が続き、二人で程ノ沢の途中まで偵察に出掛けた。下のほうは雪崩れでもあればちょっと逃げ場のない狭い急斜面だった。(事実それから数年後の三月に大きな底雪崩れがあって六人の遭難者をだした。ボクはその死体の捜査中に偶然通り掛かって捜査隊がいた地点よりかなり上方で一人の死体の発見者になった。相当ひどいブロックの重なりだったが、その死体はどこも傷つかず血色もよくて、まるで眠っているようだった。鶉山俊作というペンネームで山の小説を書いていた人で、高円寺で本屋さんをやっていたことが後になってわかった）三〇〇メートルばかり上から右手の樹林帯へいりこんで尾根まで行こうという判断をして、その日は宿のそばの段々になった、多分桑畑かとおもわれる斜面で練習した。Kはその段々を上から滑ってきて横飛びに一段ずっ飛び下りるという、いわば斜めのトレッケホップともいうべき妙な技術をやってみせた。ボクも真似してやってみるのだが、どうしても転倒してしまう。口惜しくて暗くなるまで夢中でやっていたら、宿へ戻ってから階段を昇るときに、どうしても膝がおもった高さまで上がらないほど疲れてしまった。

夕食の前に風呂場にいって浴槽に長々とのびていると、そこへ酔った男と女が這入ってきた。ボクらなどてんで眼にもつかないといった様子で、湯を掛けあったりしてふざけはじめた。相当野卑だったが、ボクはボンヤリとギリシャの神々のたわむれを想って眺めていた。ピュリタンのKはよほどムカついていると見えて額のところをピクピクさせていた。何度めかのふざけた湯のとばっちりがサッとKの方に飛んだとおもったら〝ヤメロ〟と怒鳴ってKは浴槽の中で仁王のように立ち上った。ピンク色の二匹の神様は急にシュンとなってコソコソとでていった。

翌朝は暗いうちに起きた。あいにく灰色の空から白いものが舞い落ちてくる。

——どうしよう。

とKにいうと、

——こんな宿はもうごめんだ。

と吐き出すような口調だ。奴さん昨夜の風呂の一件がよっぽど応えたなとおもったが、無理もなかった。

雑木林の尾根にかかってから天神峠へでるまでは雪も重く、急で、全く苦しかったが、天気は次第にあがって、陽が射してきた。十一時に天神の肩の上にでた。頂上は棚になった雲に隠れていたが西黒沢へ落ち込むあの大きなカールが踏跡もなく広々と光り輝いて、登高の疲れをいっぺんに払うめざましさだった。

ザックからゆであずきの缶詰をだして分けた。カラカラの咽喉《のど》に即席の氷あずきの味は、忘れられない美味しさだった。

雲の棚はいつまでたっても同じところに懸かって動かない。土合に下ることに決めてザックをしっかりシールで躰に縛ってカールに向かって思いきって飛び込んでいった。耳のそばを風がうなる。当時流行のアールベルクシーテヒニックの本で習

いおぼえたハンネス・シュナイダー流のミディアムホッケ姿勢という深いクローチングフォームは新雪の直滑降には安定度の高い良いものだが、固定してしまうとギャップには弱い欠点がある。爽快爽快とおもった瞬間最初の猛転倒をやった。それから土合まで、一体どこをどう滑ったかよくおもいだすことができない。ただ転倒につぐ転倒で、土合に墜落したというほうが実際に近い。襟と袖口のところは汗で融けて固まった雪が団子になり、皮膚がこすれてヒリヒリした。信号所から一段あがったところに、そのころ小さな小屋があって、そこへ這入った二人は、とうてい同行者とはおもわれない……とそこの人にいわれた。

雪を払い下着を替え、ストーブのそばに腰をおろし、熱い茶を飲むとがっかりした。しかし実に満足した気分で……だが口を利くのも億劫《おっくう》だった。

夕方の列車に乗って座席に腰をおろした……とおもったら肩を揺すられてハッと眼をさました。車掌に終点の上野だと告げられてもしばらく信じられなかった。Kもそのトロンとした眼付きで同じ思いだということが判った。躰中がこわばって、どこを動かしても痛かった。スキーを肩にして歩廊《ほろう》を何気ないフリで歩くのが実に難しく、自分がコッケイな芝居の登場人物のようにおもえた。

三つの岩

祖父の岩

手の動きから、その人の心のありさまがはっきりと感じられることがある。上手な踊り手は、非目的的な手の仕草で、拡がっていく心持や萎《しぼ》んでいく気分を巧みに表現する。

物を投げたり、散らかしたりする子どもの手の動きは、ちいさい容器に詰められた大きな生命が拡がろうとする望みをよく示している。

年をとって、拡がりすぎた生命が、内側に空虚を発見すると、その穴を埋めるために、手はいろいろな物を集めて、それでなんとかしようとするのかも知れない。切手やマッチの箱や絵はがきや……。

祖父は役所をやめてから海岸のほうで隠居していた。毎朝散歩にでては浜からきれいな縞のはいった石を拾ってきた。ごくちいさな石は机の上に並べられ、形の変わったのは床の間や棚に飾られた。だんだんに石は数を増し、庭の植木鉢の置場も

いつしか石の陳列場になってしまった。

――オジイサンなぜ石を拾ってくるの？

――お前がどんどんわしの石を投げてしまうからだ。

子供だった私は事実雨の降る日に部屋から庭の池を狙って祖父の石をみんな投げてしまったことがあった。ある夏休みのことだった。

――石を集めてどうするの？

――お前はメンコばかり集めているが、どうするつもりなんだ。

すこしも返事にならない返事で、狡猾《こうかつ》な古手官僚は問題をいつも私のほうにすり替えてしまうのだった。

祖父は海辺の丸い石に飽きると、すこしざらざらした河の石を集めるようになった。

ある日、東京の家にトラックがきた。祖父が海岸の家には置場がないからといって石を送りつけてきたのだった。

その石は、もう石とは呼べない巨大な一個の岩だった。広くもない家の庭には迷惑だったその岩は、トラックから下ろして運ぶにもたくさんの人手を用して大騒動だった。祖母をはじめとして家族の者たちは口々に祖父の趣味を呪《のろ》った。ただ一人私を除いて……。

私は大いに喜んだ。その岩は何にでも好きなものに見えた。動物にも鬼の首にも山にも滝にも雲にもジャガ芋にも。首を傾けて眺め逆立ちで見る、そうしていろいろ想像できるばかりか上から飛び降りて忍術を使ってみたり、近所の友人を集めて陣取りをやってみたりチャンバラの背景にしたりした。

ある日家族が皆集まって深刻な相談が行なわれた。甲州の山奥から祖父が岩石を一列車汐留へ運んできてしまったというのである。

その岩や石がどうなったかは知らない。まもなく祖父はキチガイ病院に入れられた。私は祖母に連れられてその病院にいった。

祖父は陽当たりのいい部屋で窓に向いてキセルをくわえていた。私たちが声を掛けてもなかなか振り向かない。私は土産の菓子の箱から石ゴロモをだして祖父にやった。私の考えでは祖父には効果的な菓子で、きっと喜ぶだろうと期待していたのである。ところが、祖父はその石ゴロモを眺めもせずにパクッと一口に食べてしまった。

——オジイサンは何故あんなに石を集めてしまったの？

私はがまんできなくて、また古い質問を投げてみた。すると祖父は皺だらけの掌を私の眼の前に拡げて見せて、こういうのだった。

——何故だか判らん。わしが集めたくなくても、この手が集めてしまうのだ、この手がなア……。

黄金岩

金鉱さがしに夢中になっていた頃の話だ。

夢中になることは素晴らしいことだけれども、夢中になるためには、相当多量の馬鹿らしさが必要だ。つまり人間夢中になるためには無知が大切な条件なのだ。ところが夢中になっているうちにだんだん知識が積み重なってきて、最初の無知は消えてしまう。そのあとに新しい無知が発見できなければ、それで夢はおしまいになる。

ともかく、十分な馬鹿らしさと僅かな資金のもとに出発した素晴らしい事業に尽《じん》瘁《すい》していた二年間というもの、私は一カ月に一度、二、三日東京に留まるだけで、

あとは山から山を歩いていた。とはいえ登山家が対象とする名山秀岳にはさっぱり縁がなく、眺める眼付きも心構えも全然角度が違っているから、甚だ変格的な山筋ばかりたどっていた。

その事業には二人の仲間があった。Fは肥った男で脚力があまりなかった。それで主として基点となる場所に待っていて、Cと私が現場から集めてきた資料——砕いてきた岩、拾った石、川床から椀《わん》がけで抄《かす》ってきた砂礫——などを分類記録したり、分析したりする頭脳的な役割りを受けもっていた。

Fがいま何をしているか私は知らないが、先だってアマチュア碁名人戦の東京代表の一人として新聞にその名を見た。彼は科学的な頭脳の使用法に長じていたが、また一方に天才的なインスピレーションもありすぎる男だった。

白砂川を下りてくる途中で突然稲包山を指して、この名称は黄金を埋蔵する山という意味だから……などといってCと私を当惑させるのであった。そのときの旅で私たちは日暮れに近く野反池に着いた。

現在ではダムができ野反湖と称してバスもはいる観光地になっているが、その頃は淋しいちいさな火口の池で、さびれた無人小屋がポツンと池畔にあるだけだった。

笹に覆われた火口の輪のへりから眺めると池を越して八間山が突っ立っている。西に傾いた陽光がこの八間山の上半分に右からカッと当たっている。その頂きに近い大きな岩壁の一カ所が、どういうものか異様な輝きを見せて光っているのだ。

Fは早速、アレはただの輝きではないから行って調べてきてくれという。こんな遠くから反射のみえるほど自然金が露頭しているとでも思っているのか、君はどうかしているのだといっても、Fの眼はまるですわってしまって、その岩に吸い着いている。そして、どうでも調べてこいと駄々をこねる。あれは多分硫化銅かなんかだろうとCがなだめるのだが、多分とはなんだと逆襲して突っ掛かってくる。

——あの輝きを見ろ。陽差しの角度が変わっても、あれは変わらんぞ。絶対にただの岩ではない。君たち行くのがどうしてもいやだというのなら俺一人でも行く……。

Cと私はFの執念を鎮めるために、止むを得ず帰途の暗くなることを予想して懐中電灯をザックに入れ、ザイルを肩にしてその黄金色の岩に向かった。

笹漕ぎを終わって岩壁の下へ着いたときには陽がほとんど落ちかかり、取り付いた岩肌が青く見えた。目指す岩までは二〇メートルほどだが、幸いあまり困難なところは無さそうだった。

Cと私が小さな突起部を廻り込んで、目標の場所へ到着しそこに見たものは、一面水に濡れた平滑な岩壁だった。上部の窪みに残った雪がとけて静かに冷たい水のカーテンをそこに垂らしていたのだ。

Cと私は、一段下のテラスまで戻った。そこから脚を中空にぶらさげて腰をおろし一服した。もう池のあたりは暗かった。

——Fはこの煙草の火を見ているだろうか？

Cがポツンといった。

私にも双眼鏡でこっちを一生懸命見ているFの姿が想像できた。

——オイ！　一度東京へ帰らないか？……君は不賛成かい？

Cがまたいった。私の視野には端から端まで幾段に重なった曲線的でありながら突兀《とっこつ》たる山波が見える。それは上州の山の特徴である哀愁をよく示していた。

——賛成するよ、その方がいいだろう。いや全くその時機だ。

じゃそろそろ行こうやとCは捨縄をザックから引っ張りだした。

再び笹を漕いで火口の縁に立ったら小屋の窓に灯が見えた。

——Fの奴がっかりするかな？

――そうでもないだろう。どうせ一人になりゃ馬鹿げた考えだったと気はつくはずなんだから……奴もくたびれすぎたんだ。

――うんきっとそうだ。

Cは明るい顔になってオーイと小屋に向かって声を掛けた。しばらくしてからオーッと間のびのした、いかにも屈託のないFの返事が戻ってきた。

急に腹の底からおかしさがこみあげてきた。横を向くとCも前かがみになって、懸命に笑いをこらえているのだった。

墓標の岩

木星号が墜落したとき、私は乗鞍でスキーをしていた。連休を挟んで十日間、位ヶ原山荘でスキー研究会の合宿があって、賑かな毎日だった。後半から参加した連中が、事件のニュースを下界から運んできた。

たいへんなことだと思ったが、自分に関係があることを予想することはできなかった。合宿を終わって鈴蘭に下り、清毅のところでもこの話がでたが、やはり気付かなかった。ところが松本へきて飛騨屋に荷をあずけ、食事に街へでて歩いている途中急にドキンとするものがあった。日航機で九州へ立つといっていたDのことをおもいだしたからだ。

鯛万の店へはいるとすぐ新聞を借りて遭難機の乗客の名前をたどった。そして紙面にDの名前を発見してしまった。

こうして紙面を目前につきつけられても、感情は容易にこれを承服しようとはしない。いくつもの新聞を拡げた。犠牲者の棺の並んだ写真があり、その棺に墨で書かれたDの姓名を見付けて、はじめて事実を納得せざるを得ない気になった。

彫塑《ちょうそ》をやっているNと私はしばしばDの家を訪れたものだ。Dのところへ行くと酒と音楽と話があった。そしてたいてい徹夜になって、朝の食事をして解散——という工合だった。

Dは宝石商で手腕のある人だったらしい。Nに連れられてはじめてDを訪問した日、Dはガラス屑のように見えるダイアと子どもの爪ぐらいのエメラルドを見せて、これでなにかきれいなものを造るといっていた。そして次の週に訪れると、エメラ

ルドを中心にしたダイアの渦状星雲がきらめく美しい宇宙がパンデロックになっていた。そういう工芸の技術にまるで素人の私には、それが魔術のように見えた。

今でもNの指にDの作品が残っている。その指輪は銀の細い糸のようなアーチがいくつも交錯していて、その隙間を透して底の方に沈んでいる宝石が指の動きと光のあたる角度で、ときどき遠い灯台のように輝く不思議な効果をもつデザインで、宝石をより大きく見せようとする飾窓の中の指輪の思想とは全く反対な作品だ。

Dは自分ではあまり飲まなかったが、棚にはその当時は、珍しい洋酒が林立していた。死後荷物を整理したらシャンパンの大きな木箱だけでも十個以上あったと妹さんにきいて驚いた。しかしシャンパンを飲んだことは一度もなかった。何でも好きなものを飲めといわれるのだが、考えてみるとスリースターのコニャック以外は飲んだ記憶がない。しかしそれだけはずいぶん飲んだ。そしてよくしゃべった。どんなことをしゃべったかは忘れてしまったが、愉《たの》しかったことははっきり憶えている。

読書は私の人生にとってかなり大切なものだ。他人の書いたものの中に自分の思想を発見したときほど愉しみを感じ、なぐさめを与えられることはない。良い友人は、良い書物に似ている。それを失うことは全く残念千万だ。

帰京してすぐDの家に行った。Nもきていた。血縁は弁護士だという年寄りの叔父さんと妹さんだけだった。

Nは机の上の紙片を取って私に見せた。それはDが遭難当時に持っていた宝石類のリストだった。いくつかのナンバーに印しが付してあった。それは現場から警察によって発見されたという報告のあったもので、マークされたそれらは全体の五パーセントにも満たない数だった。

——年寄りと女でとうてい無理なので、大島の警察からの品物引取りかたがた現場へいって二人で宝石をさがそうというのだが……。

とNは私にいった。

遭難の現場は、元村側の登山道から行くと外輪山と火口の間に拡がっている熔岩の砂漠の上を三キロばかり西南に歩いた外輪山の外壁にあった。一番近い部落は波《は》浮《ぶ》だったので、二日目から波浮の宿に移った。それでも毎日往復に五時間以上かかった。

ヴァンダイク・ブラウンの熔岩砂の斜面、巾一〇〇メートル長さ一キロに亙《わた》って何とも形容し難い機体の破片が帯状に散乱している。激突した瞬間に火を発したと想像できる熔けかかった金属片や黒く焦げた布片が散っていた。燃えると同時に飛散したとみえてみな不完全な焦げかたで残されている。むしり取られた椅子のはだかになったラバーマットの断片に腰をおろすと二人は茫然としてしまった。

どこからどうやって手をつけていいか迷うばかりだったが、とにかく下から順に見ていくことにした。それでも最初の日に、もうルビー、サファイア、ジルコンの玉などをいくつか拾った。鎖がついていたり、金属の台のある細工済みのものは見付け易いが、石のままのものはとても発見が困難だった。殊にダイアは絶望だった。何故なら風防ガラスが微塵に砕け散っていて皆ダイアのようにおもわれるのだ。真珠も多くは白濁してしまっていた。二日目からは熊手とブラシとザルを道具にして探しまわった。漠然と眺めると砂礫ばかりにおもわれる現場も、こうして仔細に見ていくと、意外に大きな岩がところどころにある。その蔭には緑色の植物も生きているのだった。

とにかく、やるだけはやってみたとおもったのは四日目の夕方だった。遺族が満足するかどうかは別にして、かなりの宝石類を取り戻した。四日間木蔭もない焼石の原で陽を浴びた私達はひどい皮膚になってしまった。

一通り終わって外輪山の高いへりから見返る眼の下に海は青く、利島《としま》の緑が眼に沁《し》みた。

——Dも死んでからこれだけ俺たちを働かせりゃ本望だろう。

——山に登りつけているボクでも、そろそろバテ気味なのに君はよく続いたとおもうよ。

——全く自分でも信じられないよ。一体俺たちみたいなトンチンカンが他にいるだろうかね。

——もうひと働きしてあしたは船に乗ろう。Dが憎らしくなるといけない。

——もう相当に憎らしくなったよ、フ、フ、フ、フ……。

パンを噛《かじ》ったあと二人はまた立ち上って斜面を下り、砂を睨みはじめた。

大分影が長くなったと気付く頃、チョットきてくれというNの声の方に行ってみると、彼は大きな木の切株のように見える岩の下方にいて、私を認めると、その岩の一点を指して、

——こんなことってあるかなァ……。

という。見ると赤い斑点が二つある。普通ならとうてい見える筈はないが、四日

も訓練した眼はこういう異常な色彩に敏感になっている。

——どうもルビーだね。

——だが取れないんだ。本当にルビーかな?

——岩とは不連続な赤い鉱物であることは確かだ。

私は水筒の水をそこへ掛けてみた。その箇所は岩が下を向いている面で、しかも凹んでいるので見にくいのだ。水に濡れると岩は黒くなって、かえって見定め難い。しかし赤い斑点は矢張り赤い。ポケットナイフを取りだすと、後方からNがいった。

——無理に掘りださなくてもいいだろう。

なるほどと私は気がついた。

——Dの墓標にしとくか。

——うん、Dの望んでいた墓標とはまるで別物だがね……。

——望んでいた墓? それはどんなものなんだ?

——……。

Nは答えないで自分も水筒のフタを外して岩にザーッと全部空けてしまった。それから二人は一度も振り返らずに海に向かって山を降りた。

けものたち

ムササビ

春の先触れのあらしが通りすぎて行ったあと、櫟の木の根元、残雪の上に、とてもちいさな毛の玉が落ちていた。掌《て》の平にのせると生きものの温味と生命のエンジンのリズムが、この毛の塊の中から伝わってくる。やっと眼が開いたか開かないかというムササビの赤ン坊だ。

山の宿のおばさんは、この子を引き取った。コンデンスミルクを薄め、古風な万年筆に使っていたスポイトで哺育した。ボクが指先きに醤油をつけて舐めさせると強く吸いついていつまでも離さない。成人するとムササビの顕著な特徴となるあの出歯、上顎の二本の門歯が、もうちょいとのぞいていて可愛らしい。

――これでボクは手塩にかけた育ての親というわけだ。

――なにをいってるんです。ちょいと指先きでかまったぐらいでそんな権利を主張するなんて、これは私のハッチャンですよ。

――ハッチャン？　これがどうしてハッチャンなんだい。これはボクが見付けたんだからボクが名前をつけるんだ。

――もうハッチャンときまったんですよ。どうしたってハッチャンなんだから。

女が母性本能に凝りかたまっちまうと手がつけられない。

翌年の秋に行ってみるとハッチャンはもう立派なムササビになっていた。昼間はおばさんのフトコロにはいったきりで背中にまわったりオッパイの下でもぐもぐやったりしてめったに顔もださない。

――ちぇっすっかり甘ったれにしちまったじゃないか。

――柄《がら》ばかり大きくても、まだコドモなんだよ。

夜になると囲炉裏のそばでハッチャンは虫食いの栗の実を取り除く作業をする。人間には判らないが、ハッチャンはちょっと掌でつかんだだけでくさった実をポイと捨てる。一つさがすと南京豆を一粒もらう。おばさんとボクの議論が口喧嘩の様相を帯び高潮してくると、仕事の手を休めて、こっちに向かって歯をむきだしておばさんに加勢するのである。

夜が更けると、森からキチキチとなくムササビの声がする。するとハッチャンはまた仕事をやめて耳を澄す。さアさア――とおばさんが栗の実を手渡す。ハッチャンは我にかえってせっせと作業をはじめる。

猪

笛吹川の支流にある山村のともだちの家からお歳暮がきた。

――こんちわ、お宅が辻さんですね？

玄関にでてみると日通の帽子を冠った配達の人が二人でリヤカーを引いてきたのである。そのリヤカーの上には、まるで凶悪犯捕縛せり……とでもいうように、縦横十文字に荒縄でふんじばられたむきだしのイノシシの死体が、ヤケになった酔っぱらいがふんぞり返っているみたいになってはみだしていた。

廊下の天井に逆さにつるしたらボクより大きくてギョッとなった。庭の毛虫やゴキブリや雑草の命を簡単にムシリ取って平《へっ》ちゃらなわが家の奥さんが、とても食欲などでないと殊勝なことをのたまう。

――では肉屋に卸して、そのゼニで松阪の黒牛の肉でもムサボリ食うことにしよう。

浅草の猪肉専門店に電話して交渉した。

――その猪はどこで獲れたんですか？

――山梨県の山奥なんだ。

――それじゃだめです、ウチは本場ものしかあつかいません。

――本場？　猪の本場ってどこだい。

――きまってまさァ紀州ですよ。

――紀州の猪と山梨はどうちがうんだ、両方とも同じSus Leucomystaxじゃないか。

――味がちがうんですよ、紀州モノはドングリ食ってるんで肉がうまいんです。

――紀州がドングリなら山梨はジャガイモだ。知らないだろうが南都留のジャガイモは富士の熔岩の中でできるから小粒でも特別うまいんだ。とてもドングリどころじゃないぞ。現にこの猪はだな、この貴重なジャガイモを鱈腹《たらふく》食ったお蔭で打ち取られた人物なんだぞ。あんまりバカにするな。

――別にバカにしてるわけじゃないんですが、ウチは紀州モノ以外は取り扱ってないんで……。

――勝手にしろ。売ってやるもんか。紀州モノなんぞ今後絶対食ってやらないからそうおもえ！

山梨の猪の名誉のためにそれから一カ月ぐらい宣伝中は特にタダということにして交替に友人を招《よ》んでシシゼメにした。

兎

あすは根名草山を越え、日光湯元へでて帰ろうという前の晩からその年の初雪が舞ってきた。初めての雪は根雪にならないのが常識だが、翌朝になって宿の前にでてみると、三〇センチを越して、まだ降っている。山頂にでればもっと深いだろうから、下をまわっていった方が楽だと宿ではすすめるが、長年の間に慣れきってしまった路なので、気にしないで出発した。つもりたてで未だ落ち着かない雪はとて

も軽くてまくらの羽根の中に脚を突っ込んでいるようだ。

幸い根名草の上にでる頃には雪はやみ、雲が切れ、陽が差しはじめた。温泉岳の肩から金精峠の上にでるまでの道は本来ジグザグなのだが、雪のせいで痩せた尾根を真直ぐに下りられる。その白い稜線の前方に一匹の兎が向うむきの姿でじっとうずくまっている。もう冬毛になって、例の黒毛の残っているちいさい耳のさきが、丸まった背中越しに見える。歩速もゆるめずにずんずん近づくのだが、雪のためにすこしも音がしないので、一向に気付かない。もう五、六歩というとき、急に猟師の本能が眼ざめて右手のステッキを振り上げてヤッとばかりに打ちのめしてしまった。

兎は軽い痙攣《けいれん》を引き起こして残忍な人間の獲物となってしまった。

後脚をつかんでさげてみると頭がまだ雪から離れないほどの大兎だ。とても背中のザックには容《い》れられないから脚をステッキにしばりつけてかついで下りた。マシュルームとクレソンのきざんだのをいれたクリームにパルミザンチーズをたっぷりいれてスチュにすると……などと料理を考えていると兎の体重も罪の重さも一向になんともない。

東武日光駅前に手に手に猟銃をもった狩姿のアメリカ人がいて、私を、いや兎を見て近づいてきた。どこで獲った？　どうやって獲ったと口々にたずねる。私は彼等にステッキを見せ、それを打ち振ってさっきのシーンを再現した。

彼等は変な顔をして、それから首を振って立ち去った。

貂《てん》

凍結した三月の固い雪の上に薄く五センチほど粉雪がついた。貂罠《わな》をかけるには絶好の状態だ。昼すぎて戸外に曝《さら》した兎の生皮が陽を浴びて柔らかくなったので靴の上にまきつけて、兵次郎老人と出掛けた。ガンド沢の岸を伝って二の滝と三の滝の間に二つトラバサミを仕掛け、ウスクボのカールを左手に登ってモノミ山のてっぺんへでると、北側の稜線を歩いた。ここはけものみちで、いままでにずいぶん心をときめかすドラマのあった筋だ。

シラビソと橅の混った西側の斜面に目差す貂のかなり大きな足跡を発見する。四肢の足跡は一直線でところどころ尾になでられて掃き消されている。私たちはこの足跡から離れたり横断したり波状を描いて追跡する。雪をかぶった倒木の上を渡っているところで罠を仕掛けることにする。倒木の中頃にオトリのリスの死骸を置き両端の近くにそれぞれジャンプトラップをセットする。

まず雪を丁寧にはらって苔をはがし、その下にしっかりとトラップを取り付け、苔を戻し、ふるいに掛けて雪を降らせ折り取った木の枝で本物そっくりの足跡をその上につける。それから兎の皮で自分たちの足跡を消しながら稜線に戻った。文明のにおいを残さないのが罠かけのコツなのだ。

翌朝見廻ってみるとこの罠に後肢《あとあし》を噛《か》まれた中型の犬くらいの黄貂が掛かっていた。あたり一面雪を蹴散らして無念残念といった顔付きで死んでいた。

——後肢を挾まれたくらいで、どうして死んじまうのかな？

——凍死するのさ、動けないからね。

——へえ、こんな暖かそうな毛皮を着ててかい？

——寒さに弱いからこんな毛皮を着てるのさ。あとで皮をむけば判るが。筋ばかりで脂なんかちっともねえんだから。

兵次郎老のいうとおりだった。おまけにその肉はすごい臭いがして、皮むき作業の途中で犬の黒助はクシャミをして寒い戸外に逃げていった。

狐

雪崩と脱線事故で、夜中に私の乗った列車は立往生してしまった。私の目的地はまだ二駅ほど先きだが、寒い待合室で皆と一緒にガヤガヤとあてにならない騒ぎに巻き込まれているより月夜の雪原をスキーを穿《は》いて散歩するほうが気が利いているとおもって駅の外の明るい電灯の下でシールを着けていると声を掛けられた。

やはりスキーヤーだが女性である。目的地が同じことが判ると同行したいとの申し出であった。経験、体力、技量など質問しているうちに、彼女がシールももっているし、ラッセルも交替できますし……といったので急に頼もしくおもわれてきた。

行程は一〇キロちょっとでたいしたことはないのだが手前三分の一のところに峠があって三キロほど割合い急な登りがあり、そのあと山襞《やまひだ》を横断する波状地がしば

らく続く地形で、こう雪が深いと慣れないスキーヤーを連れていくと足手まといになる気掛りがあったのだ。

月は明るく電灯はまず要らない。風もない。しかし気温はかなり低くて、耳をだしていられない。峠から波状地に移ると広々と前方が開けてくる。雪のないじぶんだと雑木まばらな起伏のある笹原である。そこを過ぎればもう下り一方というわけだ。

凹地から顔をだした瞬間、前方の対斜面に狐を見た。反射的に身をかがめて後の女性に手まねでストップをかけた。キ・ツ・ネとゆっくり小声で教えると彼女はコックリうなずいて、私の真似をして身をかがめた。

用心して顔をのぞかせる。狐は月光の下で先刻と同じ姿勢でじっと雪に自分の影を落としている。顔の横に白い湯気を見たのは同行の女性の息で、私の肩を突っついて、だまって右手を指した。

そっちを見るともう一匹の狐がいて、ゆっくりと左の狐に近づいてくる。時々立ち止まって鼻先きを相手に向けてピクピクと動かす。鼻で観察するのが狐のやり方なのかも知れない。最後に二匹は鼻を嗅ぎ合った。

それから一匹が急にヒラリともう一匹の背中を飛び越してトロットで左手に向かった。すると飛び越された方が追い掛けて反対に先の狐の背中を飛び越した。お互いに背中を飛び越しながら二匹は視界から消えた。気がつくと躰がおそろしく冷えている。幻のように美しいシーンだった。

——まるで化かされたようだわ。

とひとりごとのように女性がいった。

——そう、本当に化かされたのかも知れませんよ。実は私はキツネでね……。

——イヤーン。

と彼女はこっちも驚くような高い声で叫んだ。私は狼狽してあやまった。先に立って滑りだしながら落ち着くにしたがって、私は彼女の叫びがイヤーンではなくてキャーンだったことに気がついてきた。

白い散歩

1

横手山の一段目と二段目のリフトはいいかげん長い。気温の低い日や吹雪いているときに、無理して続けざまにブラ下っていくと躰は十分に冷えて固まる。幸いきょうはいい天気だ。二段目の中途から急角度に昇っていくあたりで背中のザックを外して膝の上に移し、腰をずらして横向きになって後方を望むと素晴らしい眺めだ。何回眺めても新しい感動がおこる。乗鞍から白馬までの山波が、これはとおもう意外な高度で中空に真白なノコギリとなって浮かんでいる。足もとの雪面には朝の陽を浴びてチェアに運ばれる自分の影が移動するに連れて地形なりに大きくなったり小さくなったり、遠くなったり細長くなったりしている。高さはぐんぐんと増し、四周の景色は刻々と変化する。

時刻が早いせいかチェアは前も後もガラ空きだ。だが上へ着いてみると四、五人たまっていた。頂上へ向かうコースにいる人の声も雪を冠《かぶ》った樹のあいだから聞こ

えてくる。

けさ起きてすぐサンドイッチを二人前注文したら石の湯ロッジのタカアキが、

――また〝チョット行ってくる〟け？

といった。

――うん悪いけどな、でたとこ勝負でブラブラだからカンベンしてくれよ。

宿の責任者としては一応宿泊人の予定をきいておかなければならないのは当然だし、出掛ける人間だって予定があるのがあたりまえなことは判っているが、私にはそれに返事できないことがある。もうたびたびのことでタカアキのタイショウも私のわがままに慣れちまっている。

終点からすこしずれて樹の間を抜け、リフトの滑車の音もないところで景色を再び眺め、さてこれからどっちへ行こうかと山々の品定めをする。足もとにこんもり盛り上った鉢山とその右手に連なる赤石山のあいだ熊ずり尾根の向うに寺小屋がまるく、その先右手に岩菅のトンガリがやっぱり魅力的にのぞいている。よし！ここからできるだけ真直ぐにそっちの方向へ行くべェ……ときめる。

2

山の腹を北東へ北東へと廻りながら、そろそろと下へ向かう。できるだけ樹の混んでいないところを選びながら草津峠とおぼしき方向をめざす。ところどころ潤葉樹だけの群があって、そこがいやに明るくて陽気だ。

別に休むというのではないが、時に立ち止まってグリップの上に手を重ね、その上にアゴを乗せて自分の運転を中止すると、世界は嘘のように静かだ。なにかが停止し、なにかが誕生してくるようだ。空虚な充実（意味をなさないが）感、不思議な躍動を心に感じる。意識は遠く離れ、また近づき、また遠のく。音のない動きの感じられない、しかし静かに生命の実感がしのび寄るこの世界の次元に立ち止まると、自分がキラキラと砕けて四囲の世界の微塵《みじん》となり、また世界が自分のうちに収斂《しゅうれん》されてくる透明な現実感をもつ。

さまざまな分野の、ある性格をもった芸術作品がこれに似た深い印象を私に伝えることがある。しかし、それらは共通して呪縛《じゅばく》的な力で私を拘束するところがある。それはそれで、また素晴らしいのだが、この自然が偶発的に造る次元のボックスにいると、私はもっと自由で、自分の希望する意味をもたせ、勝手に眼前の風景を操作することができる。

ほかの人達も、自然の中で私のように、この不思議な説明し難い遊びを喜ぶだろうか？ なんとなく麻薬中毒の患者のたわごとのようにしか説明できないのはハナハダ残念であるが、解ってもらえなくとも、もちろん遺憾でもなんでもない。

樹林の中を勘で行く。見通しが悪いから仕方がない。鉢山の裾から直接熊ずり尾根へでればうまいとおもっていたが、けっきょく鉢山にまっすぐぶつかってしまった。シールをつけて登りはじめると急にスキーが重く感じられる。頂上に近づくにつれて雪は深くなり、樹は低くなってモンスターの形になってきた。

3

鉢山の上へでて火口をのぞく。三十分で一周できるちいさな火口壁に囲まれた、こぢんまりした池がモンスターのレースカラーをつけて、まっ白くすましている。可愛らしい。

右へ廻っていくと赤石が見え、また岩菅のトンガリが近々と顔をだしてきた。シールを外し雪をはらって立てたスキーの先きに渡してザックをおろし、煙草をポケットからだす。こういう街でなら何でもない仕草がいやに人間くさい感じでもってハネ返ってくる。へ、へえーやってやがる……といったオカシサである。文化が自然の前に無言の批判を受けてテレているのだ。

私は眼前の岩菅のトンガリを見ないわけにはいかない。岩菅のトンガリが素直に自分の心にせまるその力を信じる。その力に対するまじめな自分の受け取り方を信じる。だから、それから自分の中に湧く考えを手足にしてその先をたどろうとする。

それは喜ばしいことである。悩ましいことである。苦しいことである。だが憂いなく充実できることだ。なぜ自分の仕草に向かってそういかないのだろう。

もっとも、そういかないからこんな散歩をするのだろう。やんなっちゃうねまったく。

靴をしめ直し、スキーをつけて下りはじめる。脛《すね》のあたりまでもぐるが、軽い粉雪であまり抵抗はない。斜滑降で速度が増してくるとスキーは浮きあがってくる。先端がはっきり雪面にでてくる。爽快だがヒョット左右のバランスがくずれて片足体重になると重さの掛かったスキーだけがぶすぶすと沈み、前へのめりそうになる。

目下練習中の姿勢の高い現代的ターンはやめにして、屈身抜重《くっしんばつじゅう》大げさなロタシオンを使って半径の大きいターンをする。またまただんだん樹が多くなる。林を透《すか》して鞍部の明るい雪面が見える。見当をつけてまっすぐに行く。胸の前のところに雪煙が渦となりアゴの下が冷たくていい気持だ。

出口の最後のところに二本挟まって大きな針葉樹があり、下枝が雪の重さで垂れ下っている。頭をひょいと下げて抜けた、とおもった瞬間スキーの先がガリッとなにかに当たってそのショックで前に一回転する。樹上から落ちた氷化した雪のブロックが新雪の下にかくれていたのだ。よくやられる手だが、また引っ掛かった。テルモスが心配になって出してみたが異常なし、ついでに紅茶を一杯飲む。冷えた唇におそろしく熱く感じる。

四十八池のほうへは行かず、熊ずり尾根をたどって直接大沼にでようときめて見晴らしのいい尾根をたどる。右手後方を振り返ると横手山が見事だ。頂上右手のレーダー塔の氷が光ってお伽噺《とぎばなし》の城のようだ。さっき出発した地点がはるかだ。

4

あてずっぽで滑降していくとひどく樹の枝の錯綜したしげみにぶつかり、小沢の窪みを何度も越す。やっと開けたところへでて見渡したら、意外にも大沼は右手の下のほうになっている。戻り気味に降りてきたらしい。いままでゴソゴソやっていたので矢鱈に飛ばしたい気持になる。すこし速度に乗ってきたな……とおもったらもう池の上にでてしまった。

ちょっと小さな入江になったところ、その真中あたりの雪が薄くピンク色になっている。なんだろうと近寄ってみると、そのあたりの雪面が凸凹になっていて二方面からきた動物の足跡がそこで交叉している。池の上を岸から横断しようとした兎に、他の動物が襲いかかって、ここで格闘したにちがいない。はっきりついた足跡とは別に、明らかに死体を引きずっていった帯のような条痕もある。ストックの先で現場の雪を除いていくとピンク色は鮮かな血の色に変わり、兎のちぎれた毛のかたまりが二つ三つとでてきた。

どこまで引きずっていったかと痕跡をたどってそっちこっちのブッシュの中を歩き廻ったが、ついにあきらめる。こんなことで三十分以上も夢中になっていた。山中ミステリーである。

ここから見る対岸赤石山の真下、カールの裾の広場に建物がある。夏の売店だ。あすこまでまっすぐなシュプールを描いてやろうと決心して歩きだす。途中で振り返って確めたくなるのを何度かがまんする。やっと小屋の下まで到着して振り返り、十分満足する。小屋のまわりの雪が風のために盛りあがって小屋との間にトレンチを作っていて、その底には雪がなく乾いた石と土がでている。

風がでてきたのでそこへはいり、陽だまりをえらんで小屋の羽目板にもたれて昼食にする。

野菜とハムのサンドイッチだ。ゆっくりと食べ、温い紅茶を飲む。包紙と空箱に火をつけ、ついでに近所の木片を寄せるとよく燃える。明るい日光の中で、ときどきオレンジにみえる焔をみているうちに眠くなってきた。帽子を顔にのせてザックを枕にしてうとうとする。ちょっとまどろんだなと時計をみると、もう二時を廻っている。一時間以上も眠ってしまった。

5

池から流れでてビワ池にそそぐ川は、はじめ姿を雪の下にかくしている。やがて両側が狭まって暗くなり、斜度が急になっている峡《はざま》のところで急に轟然たる音を立てて雪面から噴出している。雪のブロックを両岸に押しだしている。ここで右岸を伝って滑ったのが、ともかく失敗だった。斜度が緩くなるにつれ水流はおだやかに

なってきたが、三キロばかりさがったあたりで雪もついていない崖が川に落ちこんでいて、どうにも通過できない。どこか渡る個所がないかと水流に沿って戻る。こっちの岸が高く、向うが河原で低くなっている個所がある。すこし後ろの斜面を登って、おもいきって勢いをつけて飛んでみる。速度が足りない——気付いたのが空中ではもうどうにもならない。スキーの半分は河原に乗ったがテールは水の中。ストックを水中に突いて後ろに倒れるのを防ぐ。しぶきでズボンはぐっしょりだ。それが凍ってくるとカサブタのようになり歩くとゴワゴワする。それより困ったのはスキーが氷結してちっとも辷《すべ》らないことだ。足枷《あしかせ》をされた囚人よろしくとぼとぼと行く。ジャイアントという名称のついている滑走路の途中にでると大勢のスキーヤーが楽しそうに滑っている。その間をズルズルと冴えないありさまで横断する。

ロッジに着いたら暗かった。まっすぐ地下の乾燥室に行き、そっと裏梯子を伝って自分の部屋にしのび込んだ。

三本足の狐

マルビ（樹海）に三本足の狐がいるという話は、ずいぶん前から聴いていたが、実際にいることを自分で確かめるまでは、真夜中にバッテラ（村では和船にオール式の櫓《ろ》のついた舟をそうよぶ）の櫓を押えて動かなくする水獺《かわうそ》の話のように、村の人達の心の中にだけ棲んでいるものだと、私は考えていた。

私が、この山の中の湖の村の人達と知りあいになった頃には、もう死んでしまっていたが、殺生人の惣七というたいそう狩の上手な男がいた。小屋番の隆亮の話だと、背は高くないが胸が厚く、腕が長くてガニ股で、歩き方は前こごみで猿のようだ……という。おまけに若いときに熊にむしり取られて左の耳がなく、狭い額の生えぎわからすこし上のところに、このぐらいの（といって人差指と親指とをまるめて見せて）ハゲがあったそうである。

こんな風体だからへっついもできず（つまり結婚もできないの意）にいたが、そのかわりにはアダという変な名前の雄犬を飼っていた。惣七はもちろん鉄砲がうまかったが、獲物が多い最大の理由は、このアダの優れた働きによるものであった。

ある年の冬のはじめに村で鶏が、どんどん盗まれた。鼬《いたち》か貂の仕業だと考えて村の人たちは、それぞれ罠などをかけてみたが、いっこうにかからないばかりではな

く、日をおいて人々の眼がゆるむ頃になると、また盗まれる始末で、これは、もはやただの奴ではなく、人間か狐にちがいない、と評判をしていたところ、雪のおりたあと、村長の鶏小屋でいっぺんに十羽もやられた。雪の上の足跡で、はっきり犯人が狐であることが判った。板がこいの下を掘って鶏小屋にしのびこむと、狐は眠っている鶏を片っ端から鮮かに噛み殺しその中で一番肥ったのをくわえて立ち去るのであった。

惣七の叔母のヤエノの家は南の山沿いの高いところにあって鶏を飼っていたが、どういうものかそれまでは、被害がなかった。しかし惣七は、かならずいつかはここを狐が狙うだろうと考えた。なるほど村の真中の村長の家などより、ヤエノのところのほうが、外れていて狐にとっては逃亡する場合にも便利なはずであった。

惣七はあるだけのトラバサミを叔母の鶏小屋の周囲にひそめた。ある朝ヤエノが惣七のところへ昂奮して駆けてきた。「きたぞ、きたぞ」「とられたか?」「いや小屋のまわりを歩いただけだ」惣七が行ってみると狐は巧みにトラバサミの間を縫って小屋に近づいていたが、小屋へは這入れなかった。

「ひっかけられはしなかったが、手間をとらせただけのことはあったわけだ」「またくるだろうか?」「わからねえ」普通なら、もうこないはずだったが、この狡猾《こうかつ》な狐はどうでるか判らなかった。

その日の夕方寒くなってから惣七はよく戸外で曝《さら》した灰ふるいをもってきて、狐の足跡の雪をけずり取って、配置を変えたトラバサミの上に粉にしてふりまいた。

習朝、暗いうちに起きて行ってみて、惣七は自分の勘があたったことを知り、そしてトリックも成功したことが判った。しかし狐はつかまらなかった。一つのトラバサミに狐の右の前肢がちぎれて残り(恐らく自分の歯で食いちぎったのである)鮮血が雪の上に点々と逃亡したあとを残していた。

惣七とアダは勇躍して血の痕をたどった。たとえ半矢《はんや》になったとしても、行動半径の大きい狐のような動物を追うのは無茶である。アダはともかく徒歩の人間である惣七にとっては……しかし正午になる前にアダは狐に追いついたらしくマルビの奥遠く、獲物発見の吠声を惣七はきいた。だが狐はもっと智恵があった。マルビの床は熔岩で固められている。そしてところどころに空洞があり、風穴や蝙蝠《こうもり》穴のように大きなものから、狐が抜けることができて、アダの抜けられないほどの穴もあったのである。森の中で狐は煙のように消えてしまった。こうして犯罪者は遁《の》がしたが、村の鶏の被害はやっととまった。

その翌年の秋おそくアダを連れてマルビに熊穴をさがしに行った惣七は遠くひょこひょことびっこを引いた狐の向うに歩いていく姿をみた。惣七は筋肉が急に引き緊《しま》るのを感じた。立ち止まって身をかがませるとアダの首を抱いた。アダもすでに狐を感知して足の筋をふるわせている。見えがくれに跡をつけはじめたが狐との距離はなかなか縮まらない。そのうち狐は狭い谷になったところを向うに差しわたしになった大きな倒木の上を渡りはじめた。今だ！　と惣七は銃床を肩につけて笹の中で立ち上った。とたんに狐は倒木の上を駆け抜ける。一瞬おそく引鉄が落ち、轟音は手ごたえのないものになった。アダはパッと倒木に駆けあがってあとを追ったが中ほどまできたときに、ぎゃっと叫んで一度跳び上ろうとして倒木からずり落ち空中にぶら下ってしまった。

古い苔で上をかくしたトラバサミがアダの両前跂をがっちりとくわえてしまったのである。誰かが仕掛けた貂の罠であった。

狐はこうして惣七に復讐し、惣七は更にアダの復讐をちかって狂気のようにマルビを駆けまわった。アダを失なった惣七はだんだんおかしくなって夜中に湖に向かって発砲して村の人たちを心配させたりしたが、ある朝血を吐いてトウモロコシ畑で死んでいるのを発見された。隆亮は心臓病だなどといっていたが、私は村人の中に二、三見ている結核だったろうと推測した。しかし大半の村の人たちは、三本足の狐のタタリだと信じていた。

なにか注目すべきことがらがあると、どんなことも、それに結びつけて考えようとするのは村の多くの人たちの癖である。精神のきわめて安直な経済学である。

それからというものは、三本足の狐にはいよいよハクがついて、その姿も、神霊現象のようにはっきりしなくなってしまった。

西湖村津原小屋の冬は寒いばかりで、なぜそんなところに冬も行って一人で暮らしていたかは、とうてい納得のいくような説明を他人にできるわけはないが、とにかく私はある冬そこで暮らしていたのである。

月の明るい夜であった。薪《まき》が惜しいので、フトンにもぐりこんで日記をつけてしまって、ランプを消したが、眼がさえて眠れない。月と雪でそとは透明なセルリアンブルーで、もったいないからカーテンもおろしていなかった。

台所で音がした。どうしてそういう音がしたのかを、ゆっくり楽しみながら考えてやろうとおもって、先ず音をつくった物質について検討して、それが破れたガラス窓に応急に張った画用紙ではないかと想像した。ここから見える樹の枝先きが揺れていないから風ではない。すると鼠《ねずみ》が侵入してきたのかも知れない。この辺の山畑には大きな野鼠がいた。

とたんに私は台所の柱にぶら下げたハムのことに気がついた。新橋のベルリン屋で仕入れたひとかかえほどの大きな片腿《かたもも》のハムを私はルックザックに詰めてきたのである。まだ身が半分と皮が全部残っている。噛られてはたまらない。懐中電灯をとって台所へでて柱を照らすとハムがなくなっている。窓の画用紙は完全にはがれてぶら下っていた。急いで戸をあけて裏を見たがなにもいない。窓の下に積んであった薪の上の雪が乱れてそれがかなり大きい動物の足跡だとすぐ知れた。頭を挙げると北東の杉の木立ちに向かって歩いていく動物がいる。狐だ。重そうにハムをくわえてずるずる引きずっていく。

冷たいのは承知だが、着物を引っ掛けたり靴を穿いたりする余裕がないので、いきなり追い掛けた。狐は私を認めるとすぐハムを口から離して暗い杉木立のなかへ走り込んだ、頭をひょこひょこ揺すりながら。

どんどん燃やした囲炉裏の前で、私は狐の巧妙な忍び込みの技術に感嘆した。何よりも驚いたのは輪になったヒモをどうやって釘から外したかという点であった。そんな行為が狐の世界にあるとはおもえないからである。私のきいた音はおそらく、ハムが窓を出るときにさわった音であったろう。

狐は翌晩もきた。私はうらのゴミ捨場のわきに食事の残りをまとめて置いたのである。前の晩よりもおそくなってから、ゴミ捨場の空缶が音をたてた。私はそっと起きて、東側の窓のガラス越しに裏の方をうかがった。狐の姿はそこからは見えなかったが傾いた月の光で尾の垂れた彼の影がはっきりと雪の上に映っていた。それはじっと動かなかった。

私は音を立てないように反対側のベランダへでて長靴を穿き銃を手にした。食事の残りを裏に置くときの気持には彼の空腹に対する多少の共感がなかったわけではないが、いまの瞬間甘い考えは全く私になくなってしまっている。なぜか知らないが、狐の動かない影の中にとうてい妥協し得ない拒絶する形を感じたのだ。ベランダ側は高くなっていたから静かに手すりを伝って雪の上におりた。小屋の西南の隅である。狐が逃げるとすればやはり北東の杉林だろう。そうおもって私は南から東へ廻りそこから北へ、壁に沿ってそろそろ台所のほうに近づいた。一応退路を遮断するつもりで……。

狐の影はさっきの場所にもうなかったが見渡した畑の雪の上杉木立までの白い空間には姿がないから、まだ北側のゴミ捨場の周囲にいるにちがいないとおもって壁の外れから銃をかまえて首をだしてみた。が、姿はなかった。全く意外である。ふと足跡に気付いてみると、それは小屋の西側に向かっている。西の崖と南の湖の間には狐の姿をかくすものは何もない。しめたとおもった。急いで西側にでてみたが、そこにも影はない。足跡は小屋の西の壁に沿っている。そして南側の隅で私の足跡にまじっている。私がぐるっと小屋を一廻り半したとき一直線に杉の林に走り去っている新しい足跡をみた。私が狐をうかがっているとき、狐はすでに私の後ろから私をうかがっていたのだ。

そう考えるよりほかはなかった。

私は阿呆《あほう》な自分の姿をかえりみた。なんたることだ。そして三本足の狐を尊敬したくなった。自分の手にした銃をつくづく眺めた。私はこのグリーナーの二連銃の

イキな姿が好きだったが、その晩ほどいやな野暮天《やぼてん》野郎だとおもったことはなかった。

夜中の湖に向かって私もまた惣七のように残弾を放った。

翌朝早く隆亮が村の二、三人の連中とバッテラでやってきた。

「ゆうべ鉄砲の音が二発したが何か打ったのかね」

「三本足がきたんだ、この足跡をみてみろ」

かれらは厳粛な顔付きで跡をしらべ、それから私の前へ戻って顔をみた。

「もちろんあたりゃしないさ、なにしろ三本足だからな」

彼らが、それから村へ帰ってどんな形の話をするか、私をじろじろ見つめる顔つきからピンときた。だからそれからさき微にいり細をうがって話してきかせた私の話は、彼らの想像がこんがらかるようなものだった。

おかげで村の衆は当分津原の入江へはこなくなってしまった。

ある山の男

キンサクは背丈が五尺に足らず、体重十三貫半。いかにも風采《ふうさい》のあがらない見掛けだが、自分の体重よりも目方のある荷を担いで、普通の山の人達の倍の速さで歩いた。荷揚げは人の肩に頼るよりほかに方法のない山の宿にとっては掘り出しものの番頭であった。

――物見山へ貂の罠を掛けに行って、雪の中からひろってきたんだ――と宿の主人はことなげにいう――キンサクというのも自分の親から授かった名ではあるまい。山子《やまこ》だったというからキンサクを買った鉱山師が縁起を担いで金作とでも付けたにちがいないが、私はちっとは品がよくなるように『公作』としてやった。まるっきり読み書きのできないキンサクにはどうでもいいことかも知れないが……また年令《とし》だってはっきりしない。うちのカミさんが勝手に二十才ときめてしまったが……。

私は主人の話をききながらキンサクの顔をおもい浮かべた。風雪に曝された樹皮のような彼の顔の皮はひどく年寄った感じを与えるが、その生々《いきいき》とした表情――特に眼はどうしても少年のものであった。確かに年令を推定するのは困難であった。たちまち二十才と決断した才気煥発な宿の女将の大胆さには敬服せざるを得なかっ

た記憶がある。

　キンサクと知り合って二、三年、私は彼と同行して帝釈山脈の南北に亙って夏は岩魚とり、秋は鉄砲打ち、冬は罠掛けと夢中になって舞い歩いた。山の中で、キンサクは私にとって得難い教師だった。犬なしで動物を追跡するときとか、月夜の山を灯なしで急ぐときに便利な歩行術、頭を突き出して足もとと遠方とを同視野にいれて歩く猟師の歩き方とか、雨の夜熊笹の中で手さぐりで安眠できる小屋を編むことか、夜の鉄砲打ちで必ず起こる狙いの誤りとその修整法とか、それまでに私が書物で読んだことも他の人から聞いたこともない智恵をキンサクは持っていて、それを私に授けてくれた。もっとも、その多くは私にとって修得できない難しいことであった。そういう私をキンサクは多少のあわれみをもってよくいった。

　——東京に生まれてよかったなあ、俺みたいに山子になったら一年ももたなかったな、きっと。山登りにくるお客にしちゃ悪くない——

　あるとき二人で鬼怒川をさがって今市にでたことがあった。まだ五十里ダムなどないときで、青柳の高砂屋という木賃宿に一泊して翌朝農業会のトラックに乗せてもらって川筋をさがった。それまでキンサクはこの道を栗山の本村から下へさがったことがなかった。

トラックに乗ったのも、今市のような大きな町を見たのもはじめてだった。その晩泊まる日之出屋という宿にひとまず荷を置くと私たちは鉄砲鍛冶の店へ出掛けた。かねて私からキンサクに贈物にするために注文した村田銃を受け取るためだった。キンサクの背丈に向くように銃身をすこし短くしたその鉄砲はたいへんキンサクの気にいったようであった。

すっかり機嫌がよくなって、すこし街を見物したいというキンサクを残して私は先に宿に戻った。夕食をすませてからしばらくぶりでお眼にかかる新聞に夢中になっていたが、ふと気付くともう九時に近い。すこし心配になってさがしにでた私は、夜店のでている賑やかな通りで茫然と立ち止まっているキンサクをすぐ見付けた。

――山の中にゃどんなにさがしたって同じ形の木は生えちゃいない。一度通ったところなら迷うわけはない。今市の家はみな同じだ。どれもこれも日之出屋と同じだ――

――キンサクお前は山の中で暮らせてよかったな、街にでてこなければならなかったら、一年ともたないかも知れないぞ――

私はキンサクの口調を真似てやった。

——うん。町へでれば俺の眼はカカトだ。

彼はニヤリとして答えた。

山の宿に帰ってダンナとオカミサンから今市の印象をたずねられて彼はこういった。

——忙しくて活気があるときいていたが、犬と木は情けないほど元気がない。仏さまみたいにきれいな女がいっぱいいいたにはたまげた。しかし二度ともう今市に行きたくはない。クラシシも兎もいないところじゃ俺は自分がクラシシか兎のような気持になる——

——仏さまみたいな顔をしてたって今市の女が考えてることはお前のゼニをまきあげることとっきりさ……居合わせた郵便配達の爺が笑った。

そのときはそれだけで、キンサクはもう何もいわなかった。

月のきれいな晩に私は野天風呂から、前の谷の上に高く突き出ている大割山を眺めていた。雲のない月夜の空は真黒で、眼前のゲーリー・クーパーと私が名付けたひょろひょろと高い桂の梢はそのなかに溶けて判別できないくせに、遠い大割山の頂きは銀色に光ってはっきりと見えた。キチキチキチとムササビが鳴いた。

——今晩はだいぶこの辺に廻ってきたようだが、あいにくテカだな……。

いつのまにか風呂にきていたキンサクが隅から声を掛けた。木の葉が落ちてから雪のくるまでの間の月の夜は、キンサクにとってムササビ打ちのためにあるようなものだった。

この夜行性の動物を狙うために、人間には月の光が必要だが、曇っていすぎても晴れていすぎても発見しにくい。晴れていると空が黒いので獲物はシルウェットにならない。薄く雲がかかっているようなときが一番いい晩だった。テカというのは、すっかり晴れている空のことである。

——だけどいまお前はムササビの様子を見てたんじゃないんだな。俺にはちゃんと判るんだ。お前はよくそうやっていつまでも大割山を眺めている。大割山は確かに如来さまが祭られている山だもの立派だよ。俺もそうおもう。ほんとはただの山だけどな。郵便屋の爺にはそんなことは判らないんだ。俺は熊を獲るたびにもおもうんだ。こんな立派な顔をしている熊の立派は何故だかって。そんなこと郵便屋やユヅル（村の猟師の名）には判らない。熊は熊だとしかおもってないんだ。それで自分はいつでも人間で猟師だとおもっているんだ。俺には郵便屋が今市でちょうど兎が罠につかまって血を吸われるようにゼニを女から吸われるのが眼にみえるようだ――

こういった意味のキンサクの表現は、彼が非常な努力で彼の内外の沈黙した世界から慎重に探してきた言葉で語られるのである。それは私がそれまで知らなかった迫力をもつ言葉だった。それは一人の人間が自然のなかで生き抜くために、どんなちいさな経験をも注意深く観察し、整理してしかも忘れずにいる証拠だった。

彼の話から想像すると彼の過去に影響のあったとおもわれる人物は彼が親方と呼ぶ鉱山師とその親方が冬の間彼をあずけた檜枝岐の木地屋の夫婦だけだ。だがキンサクが自分の周囲の自然から獲得したものに比べれば、彼らがキンサクに与えたものは、おそらく大したものではなかったろう。

欲だけはいつまでも若々しく、脚力の衰えた鉱山師は山子のキンサクを足にして鉱石を集めた。朝早くから握りめしと袋をもった山子は親方から追い立てられて沢へ這入って鉱石を拾って帰ってくる――山登りの袋はだんだん軽くなるが、山子の袋はだんだん重くなるんだ――とキンサクはいう。日が暮れて宿へ帰ると、親方は

囲炉裏ばたで焼酎をなめながらキンサクの集めた石を点検する。脈のある石を拾ってきたときには、うどんかしるこを食わせてもらえるが、ただの石ばかりだとゲンコツが飛んでくる。ちいさいときには親方が恐ろしくて一生懸命に拾って、まだ日が暮れないうちは川で山女《やまめ》、岩魚をつかまえて時間をつぶしていたが、だんだん体が大きくなってからは、兎罠や山女、岩魚の乾しをこしらえるのが仕事で、石は帰りになるべく近いところで拾ってくるようになった。しまいにそれが露見して、銀山平の墓石を背負わされて、一日中歩かされた——という。

——狡《ずる》いばかりでも駄目だとおもったし、役にたたない罰をする親方のような人間と一緒にいても駄目だとはっきりした。親方がむごいのは意地悪なのではなくて意気地がないからなんだ。川虫みたいに水に流されまいとして石にしがみついているのが見ていてもいやになった。ある晩逃げだして根羽沢の飯場で手伝いに使ってもらった。それからあと親方にも木地屋にも遇《あ》ったことがない。人夫をしているうちに、山で獲ったものを売ったほうが気楽でいいことに気付いたから、春夏は岩魚と山椒魚《さんしょううお》、秋冬は罠掛けをやった。貂のはね罠は舶来で手にはいらないから、他人の掛けた罠を見廻って獲物を拾って歩いたが物見山でここのダンナに取っつかまって降参して番頭になったんだ。ダンナは利口だから俺に石なんぞ拾わせない。俺に狩をさせる。ダンナは良い犬を見付けたぐらいのつもりかも知れない。俺も良い犬になってるほうが、座ブトンだしたり茶をいれたりするより好きだ。立派な猟師はどんな毛物《けもの》にもなれなきゃ駄目だからな。

——そうだよ。

と私はいった。

いろんな動物になれれば、今市でも兎にならずに猟師になれるだろう。

——本当だ。だけどそれにはフトンや茶をいれたりだしたりする動物になれなきゃ駄目だ。俺は自分でおもってるよりもっと山の中の人間で、それが好きなのかも知れない。

——いやキンサクが今市へ行きたくないのは兎になるからじゃなくて、猟師になるのがいやなんだろう。フトンや茶椀が罠にみえるんだろう。きっと人間を獲るのがいやだからだ。

キンサクはそれきり返事をしなかった。

戦後に山の宿を訪れてキンサクのことをたずねたが、徴用されたきり行方不明だとのことだった。それから二、三年経ってまた行ったときに宿のオカミサンが私にキンサクの消息を伝えてくれた。

——客を紹介して寄こしたんだよキンサクが、その客の話では銀山平のほうの土木の親方になってるそうだよ。

解説　『アルプ』から生まれた辻まことの世界

小谷　明

辻まことの『山からの絵本』を手にとってみよう。

彩色の表紙画は、山並を前に大きなベランダに男が一人、手すりに手をついて眼下に開ける湖を眺めている。空には、さまざまな色彩の雲間に青空がのぞいている。テーブルの上には食事が用意され、その横にスケッチブックと鉛筆に消しゴム。床の上には帰ったときに脱ぎ捨てられた山靴が転がっている。この小屋こそ、この本に登場する「ツブラの小屋」だ。山梨県の西湖畔にあった。

表紙をめくれば、見返しに現われるのは、渋いイエローグレー地に白抜きの線描で右ページにワカン、左ページには鉄製の罠（トラバサミ）。野生の呼び声を感じさせる。そして本扉には、雪山でひと休みする著者がはずしたスキーとストック。締具の長い革紐のラング・リーメンが、まるで持ち主の腕前を伝えているかのよう。立てられたストックはトンキン竹製、右手のグリップには、モンタナ製の白いハンチング帽が懸けられ、左グリップの手革には手袋が載せてある。そしてページの上部には、本書の題名である『山からの絵本』とあり、明朝体の文字が薄いブルーで格調高い。いかにも辻まことの世界への招待状のようだ。

本書の初版は昭和四十一年七月の創文社であり、その初出は同社が発行した山の文芸誌『アルプ』であった。

『アルプ』は昭和三十三年三月、串田孫一が中心となって数名の編集委員で編纂された雑誌で、編集長は同社の大洞正典。この月刊誌は、山の雑誌といっても技術の解説や実際に役立つ知識やコース案内といった実用記事はいっさいなく、さらに広告もない同人誌を想わせるもので、山についての詩的なエッセイや随想が主な内容であった。それが辻まことの資質に適合したのだろう。生涯、依頼に応えて寄稿され続けた。ユーモアに富んだ辻まことならではの独特の語り口によるエッセイと詩情豊かで軽妙なタッチの画からなり、それが一体となって「辻まことの画文」という形式が生みだされ定着した。寄稿が始まるのは、昭和三十三年の七月から、『アルプ』創刊第五号に掲載された「ツブラ小屋の話」からだ。

『アルプ』と辻まことの関係について編集委員のひとりでもあった山口耀久氏は「もしも辻さんの作品が『アルプ』を飾らなかったら『アルプ』の精細はかなり失われただろうと思う」と語っている。また、連載から生まれた『山からの絵本』について、ドイツ文学者の池内紀氏は「戦後、世に出た数知れぬエッセイ集の中で、最も美しい一冊」と言わしめた。

最初に登場する「夏の湖」（昭和三十六年七月初出）は、単彩の挿絵五点であったが、本書ではカラー六点になっている。本文は、辻さんの皮肉も含めて父と娘がやり取りしている和やかな姿が眼に浮かぶ。昭和三十六年、四十八歳のときの作品で、娘の直生はかわいい盛りの五歳だった。

「親父、あなたは絵描きなんでしょ。なぜ山へ行くとき画を描く道具をもっていかないの？」という娘の質問に、父親の辻さんが答えるくだりはおもしろい。そして、夏に行く湖の画（本書「夏の湖」の挿絵）が描かれ、それを見ながら話が進んでいく。そこには辻メルヘンの絵解きがなされているかのようだ。

当時、私がしばしば出入りしていた辻家は、良子夫人と直生との三人暮らしで、夫妻の会話は文化的で多岐にわたって楽しく、辻さんはいつもギターを弾いておられるといった幸福を絵に描いたような家庭だった。小さな庭にキンカンの木を植えてアゲハチョウを呼びこみ本格的な標本を作っていた。そのとき辻さんは口に出しては言わなかったが、直生に見せるためだと、はにかんだ笑顔が語っていた。そんな様子だったから、こうした心温まる作品が生まれたのかもしれない。

「小屋ぐらし」（昭和三十七年四月初出）は、前述の「ツブラ小屋」の話で、辻さんが遊んだ昭和十年代初めころの西湖が舞台になっている。そのころはまだ観光客などやってこない鄙びたところで、湖畔の村からさらにボートで湖を渡る対岸にあったから、「隠れ人の小屋」と言われたとおりの所だった。小屋は、大きなベランダに囲炉裏のある居間と食堂を兼ねた台所の建坪十坪か十五坪ほど、湖畔の緩い斜面に建つ高床式のものだった。今と違って建材に断熱材もサッシもない時代の質素な木造の小屋で辻さんは冬も過ごしたとあるから驚くが、それから数十年を経て「三本足の狐」（昭和三十四年十二月初出）が生まれている。そこでは、素朴な地元の人たちとの温かな交流の様子が、ユーモアに溢れたタッチで綴られ、描かれている。

辻さんの文章に次のようなものがある。山に向かうとき、「どのくらい少ない文明で済ませられるか、ということは、出掛けるときいつも心掛けることだ」と——。小屋での越冬生活は、いかにもそのとおりであっただろう。が、そこに東京・新橋の高級食料品店ベルリン屋で仕入れた片腿のハムを持参してくる。そこには、都会人辻まことのこだわりが伺い知れる。

「秋の彷徨」(昭和三十八年十月初出)には、カラー七点が挿入された挿絵で構成されている。ただ、出てくる地名の「越後の国境」とか「木賊峠」や「仙人岳」、「穂笹山」などどこにあるのか、ガイドブックには載っていないだろう地名だが、かつて辻さんが歩いた記憶をたどっているに違いない。それが辻マジック、どこでもいいのかも知れない。

続いて出てくる「峠のほとけ」(昭和三十八年十一月初出)は、奥鬼怒の山奥にある三つの温泉場で昔あった出来事だと聞かされていた話だが、「辻まことが言う居候的渡世」のような立場で長い間生活をともにしなければ知り得ない人間模様の体験談だ。「一人歩けば」(昭和三十九年十一月初出)の「未決闘」もそうだが、どれもこれも傑作。おかしさがこみ上げてくるものばかりである。

「絵はがき三通」(昭和三十九年四月初出)のハガキは、良子さんと直生へ宛てた外国からのもので、辻さんの人柄がよくにじみでていたが、本書では画、文ともに新しく書かれた友人宛のものにカラーの挿絵がつけられている。「キノコを探しにいってクマにおこられた話」（昭和六十年八月初出）は本当にあった話なのか、同行した仲間に確かめたところ本当のことだった。辻さんの話はどれもそうだが、人が踏み込まないようなところばかりだったから、めったにない出来事に遭遇するというわけだ。

「はじめてのスキーツアー」（昭和三十七年一月初出）が次に続くが、昭和十年代初めのころ、スキーといえば同宿のみんなで雪踏みをしてつくったゲレンデで、二〜三日練習をしてスキーツアーに出かけるのが一般的だった。技術は登高術、直滑降に全制動とシュテムボーゲンが主流。ゲレンデ以外は深雪ばかりだったから、先生以外はみんな転んでばかりいた。

「三つの岩」（昭和三十八年八月初出）に登場する事故死した友人を思い出してのところに、「読書は私の人生にとってかなり大切なものだ。他人の書いたものの中に自分の思想を発見したときほど愉しみを感じ、なぐさめを与えられることはない。良い友人は、良い書物と似ていると」とある。辻さんならではの表現だ。「けものたち」（昭和四十年三月初出）も味わい深い文章だ。古典落語が何回聞いてもおもしろいように、何度読んでも楽しくおかしい。「猪」など首をかしげたくなる話だが、ホントの話に思わせてくれるのが辻メルヘンだ。山小屋の夜、一杯やりながらこうした話を聞かせてもらった。話が終わると決まって辻さんは高笑いをし、それからみんなでまた笑ったものだった。

「白い散歩」（昭和三十八年一月初出）だが、このころの辻さんはよくスキーに出かけていた。志賀高原石ノ湯ロッジを基地にしてのスキーツアーが多く、私もしばしばお供した。晴れればシールをつけて樹氷に飾られた新雪の斜面を登る愉しさを満喫し、下りは気に入ったコースを見つけての滑降だ。「白い散歩」はそのひとつ。志賀の帰りは横手山を越えて草津温泉へというのがお決まりのコースだった。

「ある山の男」（昭和三十四年一月初出）は、辻さんが「山子」になろうとするための先生だったキンサクとの交流話だ。そこには体験に基づく文明批評の観がある。キンサクは「山子」の教師であったが、人間学の教師でもあったのだ。そこに真のユーモアが潜んでいることを教えられる。キンサクの言葉のなかに辻まことがいるようにも思えるところがある。


辻まことの画文は、没後三十八年が経ち、その間に幾多のオマージュ、全集、選書が刊行されて多くの人々を辻ワールドの虜にしてきた。しかし、独特の語り口とリズミカルな文章も、その原稿は簡単に生み出されていたわけではない。しばしば、締め切りに間に合わなかった。作画は比較的早く、ケント紙に鉛筆でサラリと下書きされ、その上をペンに黒インクをつけて一気に描かれ、描き直しはなかった。それが文章になると、そうはいかない。数行書き始められた原稿用紙がいつまでも机の上にあることが多かった。そうしたことを大洞編集長に話したら、「そうでしょう、辻さんは何十年も前の話を原稿にしておられるのだから」と、寛容だった。

辻まことの教養と知識、精神の健康があいまって創作された画文の世界は、哲学者のような詩人のような、社会批評にすぐれた眼差しが随所に伺えるものだが、そうした資質、人格とセンスをいつどこで身につけたのだろうか……。

辻家は維新の改革によって家運は零落の一途のなか、家長を引き継いだのが辻潤、まことの父親だった。語学の才から思想書の翻訳家になり、それがダダイストとして名声を博すが、無政府主義者の烙印も押されてしまう。また精神異常を患ってまことを困らせてもいる。後半の渡世は、幼いときから親しんできた尺八の腕を頼りの放浪人となって自由を求めた末に孤独のなか世を去っている。

英語教師だったのが縁で伊藤野枝と結ばれ、辻まことが誕生するのだが、やがて野枝は亭主子どもを捨てて著名な無政府主義者大杉栄のもとへ出奔、女性解放運動家として『青踏』の編集を手がけるが関東大震災のおり、大杉とともに憲兵の手で扼殺され、辻まことは生母を失う。妻に逃げられて以来の潤は、幼いまことを連れて徘徊同然の隠遁生活。子どものころのまことは、居場所も学校も転々、知人宅に預けられていた中学生のとき、潤が渡仏の機会を得てまことを同道する。この薄幸、多感な子どもはそこで多くを学び、帰国にあたっては一人パリ在住を望むが、父親の友人たちに帰国を迫られて従う。しかし、その心残りは生涯「これで他人の意見など聞くものではないという教訓を得た」と後年語っている。帰国後の生活は孤独と家計のやりくりに追われての生活で、ついに学業をあきらめて職に就く。そこで得たのが「ツブラ小屋」を建てた仲間たちだ。また、そうした苦労多き人生を理解してくれたのが「手白沢」の宮下老人であったし、山人キンサクであった。

辻さんからよく聞かされた言葉「私の師や友はみな書物のなかにいた」を思い出す。

（写真家・画家）

＊本書は一九六六年七月、創文社より刊行されたものを底本とし、再構成されたものです。
＊難読漢字についてはルビをふるようにしました。

山からの絵本

二〇一三年十月五日　初版第一刷発行

著　者　辻 まこと
発行人　川崎深雪
発行所　株式会社　山と溪谷社
郵便番号　一〇二―〇〇七五
東京都千代田区三番町二〇番地
http://www.yamakei.co.jp/
■商品に関するお問合せ先
山と溪谷社カスタマーセンター
電話　〇三―五二七五―九〇六四
■書店・取次様からのお問合せ先
山と溪谷社受注センター
電話　〇三―五二一三―六二七六
ファクス　〇三―五二一三―六〇九五

デザイン　岡本一宣デザイン事務所
印刷・製本　大日本印刷株式会社

定価はカバーに表示してあります

Printed in Japan ISBN978-4-635-04760-9

ヤマケイ文庫

既刊

加藤文太郎 新編 単独行
松濤 明 新編 風雪のビヴァーク
松田宏也 ミニヤコンカ奇跡の生還
山野井泰史 垂直の記憶
佐瀬 稔 残された山靴
小林尚礼 梅里雪山
R・メスナー ナンガ・パルバート単独行
藤原咲子 父への恋文
米田一彦 山でクマに会う方法
深田久弥 わが愛する山々
ガストン・レビュファ 星と嵐
羽根田 治 空飛ぶ山岳救助隊
不破哲三 私の南アルプス
大倉崇裕 生還 山岳捜査官・釜谷亮二
堀 公俊 日本の分水嶺
【覆刻】山と溪谷 1・2・3撰集
田部重治 山と溪谷
市毛良枝 山なんて嫌いだった
田部井淳子 タベイさん、頂上だよ
羽根田 治 ドキュメント 生還
本多勝一 日本人の冒険と「創造的な登山」

既刊

加藤則芳 森の聖者
M・エルゾーグ 処女峰アンナプルナ
新田次郎 山の歳時記
丸山直樹 ソロ 単独登攀者・山野井泰史
トムラウシ山遭難はなぜ起きたのか
船木上総 凍る体 低体温症の恐怖
コリン・フレッチャー 遊歩大全
佐瀬 稔 狼は帰らず
上温湯 隆 サハラに死す
高桑信一 山の仕事、山の暮らし
小西政継 マッターホルン北壁
谷 甲州 単独行者《アラインゲンガー》 新・加藤文太郎伝 上／下
大人の男のこだわり野遊び術
ジョン・クラカワー 空へ
長尾三郎 精鋭たちの挽歌
小林泰彦 ヘビーデューティーの本
羽根田 治 ドキュメント 気象遭難
羽根田 治 ドキュメント 滑落遭難

新刊

串田孫一 山のパンセ
畦地梅太郎 山の眼玉
辻まこと 山からの手紙